LA MAISON DES OMBRES

Sans issue

LA MAISON DES OMBRES

Sans issue

DAN POBLOCKI

Texte français de Christophe Rosson

SCHOLASTIC

Catalogage avant publication de Bibliothèque et Archives Canada

Poblocki, Dan
[No way out. Français]
Sans issue / Dan Poblocki ; texte français de Christophe Rosson.

(La maison des ombres ; 3)
Traduction de: No way out.
ISBN 978-1-4431-6946-2 (couverture rigide)

I. Titre. II. Titre: No way out. Français.

PZ23.P596Sa 2018   j813'.6   C2018-900822-9

Édition publiée par les Éditions Scholastic, 604, rue King Ouest,
Toronto (Ontario) M5V 1E1 CANADA.

5 4 3 2 1   Imprimé en Chine 62   18 19 20 21 22

À Erin Black, éditrice extraordinaire
et bien plus effrayante
qu'elle ne veut l'admettre

CHAPITRE 1

AZUMI MARCHAIT EN LISIÈRE du pré baigné par le clair de lune. Des idées noires trottaient dans sa tête au rythme de ses pas. *C'est ma faute si Marcus est mort. Ma faute si Moriko a disparu. Ma faute si on a fait confiance au monstre, ma faute, ma faute, ma faute ma faute ma faute…*

Un obstacle au sol accrocha son soulier de course. Azumi trébucha et les hautes herbes amortirent sa chute.

Poppy et Dash poursuivaient leur route sans s'apercevoir que leur amie s'était affalée derrière eux. Ils avançaient vite et sans bruit, en longeant les bois sombres à quelques mètres sur leur droite.

Attendez! S'il vous plaît…

Azumi voulut les appeler, mais sa gorge était nouée. À quoi cela lui aurait-il servi, d'ailleurs? Tout ici cherchait à les détruire. À quoi bon lutter?

Ma faute…

Larkspur House la toisait d'un air furieux du haut de la colline sur sa gauche, et Azumi fut secouée d'un frisson. Quelque chose derrière ces fenêtres obscures voulait la garder prisonnière à tout jamais. Si les couloirs changeaient de configuration à leur gré, si le papier peint se transformait en tentacules toxiques et si la serre renfermait des hectares de forêt, qu'est-ce qui empêcherait la maison de catapulter ses briques, ses vitres et ses pointes de métal par-delà le pré pour la supprimer?

Non. Elle devait se concentrer. S'en tenir au plan, faire comme Poppy et Dash avaient dit.

Ses deux compagnons avaient considérablement pris de l'avance, marchant d'un pas déterminé pour rejoindre au plus vite l'allée et la sécurité de Hardscrabble Road. Dash boitillait, Poppy le soutenait tous les trois ou quatre pas. Alors pourquoi n'avaient-ils pas remarqué l'absence d'Azumi?

Celle-ci se pinça les lèvres et s'apprêta à se relever quand un bruissement se faufila dans l'herbe à ses pieds. Elle se retourna : l'ombre de ce qui l'avait fait trébucher était là, à quelques centimètres à peine. D'instinct, Azumi s'écarta. Mais quand la brise caressa l'herbe, révélant ce qui ressemblait à des cheveux emmêlés d'un bleu décoloré et scintillant, une violente bouffée de panique la saisit. Elle se figea, les yeux écarquillés, la respiration courte.

Des cheveux bleus...

Moriko? voulut-elle articuler, mais les mots ne franchirent pas ses lèvres.

Tu ne peux pas être... Tu es morte... Ce... n'est pas... réel.

Un piège... Comme cette créature qui portait tes vêtements, un déguisement...

Elle se força à se relever. Du haut de la colline, Larkspur House la dominait. Azumi percevait un sourire sur la façade, une autre version de la créature qui s'était fait passer pour sa sœur.

Mais la maison n'est qu'un déguisement elle aussi... songea-t-elle.

Du bois, des briques, des pierres... du sang...

Elle secoua la tête violemment, dissipant les angoisses que son cerveau tissait telles des toiles d'araignées autour de ses pensées. Elle rassembla son courage, repoussa la peur aux confins de son imagination, puis se pencha sur la masse sombre dissimulée dans les longues herbes.

Ça recommence...

Ce n'est pas vraiment toi...

Réveille-toi, Azumi... Réveille-toi...!

Une rafale écarta les brins d'herbe, révélant ce qui avait fait trébucher Azumi. Celle-ci ouvrit de grands yeux horrifiés. C'était un cadavre. Des lambeaux de vêtements sales dessinaient les contours d'un torse, de bras et de jambes. Ces vêtements, elle les reconnaissait. C'étaient ceux de Moriko!

Non, pitié, ça ne va pas recommencer! Je ne veux pas voir...

Le vent souleva plusieurs mèches bleues du crâne ridé de sa sœur. Elles flottèrent tels de légers filaments avant de s'abattre sur sa figure et de s'y cramponner. Azumi eut un vertige, elle poussa un cri qui déchira la nuit. Lorsqu'elle voulut inspirer, les cheveux s'infiltrèrent dans sa gorge et ses narines, comme pour l'étouffer. Azumi se griffait le visage et empoignait les mèches de cheveux, mais un picotement dans les yeux l'aveuglait. De plus, elle entendait des frottements dans l'herbe juste à ses pieds. Elle imagina les doigts de sa sœur rampant vers sa cheville pendant que, dans les bois, le monstre qui avait entendu ses cris accourait pour terminer le travail.

Des mains la saisirent par les épaules et la firent pivoter sur elle-même. Elle était trop surprise pour hurler.

Poppy se tenait derrière elle, flanquée de Dash.

— Azumi! Tu n'as rien?

Azumi battit des paupières. Elle suffoquait encore, mais les cheveux bleus avaient disparu de son visage. D'un mouvement craintif, elle passa la langue sur ses lèvres. Les cheveux bleus… c'était encore un piège. La maison, la créature des ombres jouait une fois encore avec elle. À moins que ce ne soit elle qui perde la tête…

Azumi fit un bond vers Poppy, l'empoigna et l'éloigna du point précis où se trouvait le corps de sa sœur.

— C'est M-Moriko, bafouilla-t-elle. Elle est revenue.

Mais quand elle montra du doigt le cadavre, il n'y avait plus que de l'herbe et une branche d'arbre blanchie par le soleil. Une branche contre laquelle elle avait buté.

Sa peau se glaça instantanément.

— Cette branche n'était pas là, affirma-t-elle. C'était ma sœur. Elle a voulu m'attraper par le pied. Je vous le jure! Elle a essayé de me tuer…

— Ce n'était pas la réalité, raisonna Poppy.

— Chut! fit Dash. Parlez moins fort.

Il jeta un coup d'œil par-dessus l'épaule d'Azumi, en direction de la lisière des bois. Marcus se trouvait toujours quelque part là-bas, étendu au pied de l'arbre où la créature l'avait projeté.

— Elle nous suit peut-être, prévint le garçon.

— Je… je m'excuse… bredouilla Azumi en se cachant la figure avec ses deux mains pour ne pas montrer qu'elle pleurait. Ça m'a fait trop peur.

— Je sais, soupira Poppy en lui caressant le dos. Mais ce n'était pas réel. Nous devons rester forts et ne pas laisser la maison s'immiscer dans nos têtes.

— Moi j'aimerais plutôt savoir comment la faire sortir de ma tête, répliqua Azumi.

— À partir de maintenant, décida Dash, nous devons rester plus près les uns des autres. Si l'un de nous trébuche ou aperçoit simplement un truc bizarre, il le dit aux autres sur-le-champ. La maison ne doit plus nous séparer.

— OK, dit Azumi en s'essuyant le nez.

Poppy, elle, scrutait les bois, l'oreille aux aguets.

— Si la créature nous suivait, on entendrait ses pas dans les buissons, pas vrai? demanda-t-elle.

— Sauf si elle a encore changé de forme, objecta Dash, et qu'elle ressemble maintenant à *quelqu'un d'autre*.

Azumi échangea un regard suspicieux avec ses compagnons et eut la chair de poule.

Elle pouvait leur faire confiance, n'est-ce pas?

Poppy et Dash n'étaient sortis de son champ de vision qu'un bref instant. Rien n'a pu leur…

— Montre-moi tes yeux, réclama Poppy en se plaçant devant elle.

— Hein? s'indigna Azumi.

La mine d'abord renfrognée, elle ouvrit grand les yeux.

— Ils sont *bruns*, annonça Poppy. Pas dorés.

Un hurlement monta alors des ténèbres, non loin de là où Marcus était tombé. Azumi voûta les épaules, comme pour se recroqueviller en elle-même. Poppy serra la main d'Azumi et Dash se rapprocha. Le contact de ses amis la réconfortait un peu. Elle leur en était reconnaissante. Cela signifiait qu'ils lui faisaient confiance, même après cette grosse dispute au sujet de Moriko; qu'ils comprenaient sa peur et qu'elle n'était pas seule.

Erreur : tu es seule…

Azumi ferma de nouveau les yeux. Très fort.

Le hurlement résonna à travers la propriété avant de s'éteindre. Le silence qui s'ensuivit n'en fut que plus effrayant. Plus rien n'indiquait où se trouvait le monstre.

— Venez, décida Dash en tirant les bras des deux filles. On a un bon bout de chemin à faire pour rejoindre l'allée en contournant la maison. Et cette créature ne nous lâchera pas de sitôt.

— Nous ne lâcherons pas non plus, répondit Poppy d'une voix chevrotante, malgré ses efforts.

CHAPITRE 2

Ils progressaient d'un bon pas, couraient presque. Ils devaient s'éloigner de l'endroit où Azumi avait hurlé. Si la créature l'avait entendue, elle saurait les localiser aussi précisément que s'ils avaient marqué leur emplacement sur une carte. Ainsi, ils avançaient côte à côte, se surveillant les uns les autres. Dash se demandait s'il n'était pas un peu ridicule de croire qu'ils pouvaient se cacher. Si la propriété tout entière était un être capable de réfléchir et de comploter, qu'est-ce qui l'empêcherait de savoir exactement où ils se trouvaient? Le manoir jouait peut-être encore avec eux, leur donnait des bribes d'espoir – *Courez! Partez! Fuyez!* –, uniquement pour pouvoir continuer à se nourrir de leur peur…

L'herbe argentée n'était plus aussi reluisante. Dash observa de lourds nuages s'amonceler dans le ciel, éclipsant les étoiles. Le petit groupe allait devoir rester en bordure de la forêt pour éviter de se perdre dans les ténèbres. Hélas, s'approcher de la forêt, c'était aussi sans doute s'approcher de la créature des ombres ou encore des Spéciaux et de Dylan.

Dash avança à grands pas dans le pré où la nuit tombait et frémit en repensant au masque de clown que son frère portait. Le plastique chaud avait bougé, comme s'il faisait partie de Dylan, comme si la place de ce dernier était désormais dans la maison.

Ce n'était qu'une raison parmi toutes celles qui l'avaient décidé à abandonner son jumeau.

La maison contrôlait Dylan, comme une plante aux racines entortillées les unes aux autres. Pourtant, Dylan n'était pas comme les fantômes hargneux des orphelins qui vivaient là autrefois. Dash en était sûr. Poppy avait découvert le moyen de libérer les autres. Lorsque celle-ci, Azumi et lui-même avaient offert un harmonica à Randolph et rendu son carnet à Esme, ces deux personnages avaient retrouvé leurs souvenirs et s'étaient estompés, délivrés des griffes de la maison. Même le vieux spectre de Cyrus, tout érodé par les ans, avait recouvré la liberté quand Poppy lui avait remis son vieux journal.

Mais Poppy n'avait pas trouvé comment libérer Dylan. Cyrus n'avait jamais rien pris à ce dernier, que Dash pourrait lui rendre. Que faire, alors?

Dash s'efforça de chasser cette idée de son esprit. Dylan faisait déjà partie du passé. Aussi atroce que cela puisse paraître, Dash savait qu'il devait abandonner son jumeau et partir le plus loin possible de Larkspur.

Azumi le saisit soudain par l'épaule. Son regard était braqué droit devant elle.

— Pourquoi on s'arrête? demanda Poppy. Y a-t-il un problème?

— Voyez-vous la même chose que moi? dit Azumi en indiquant les ténèbres d'un signe de la tête. Ou est-ce que la maison me joue encore des tours?

— On est censés voir quoi? intervint Dash.

Au même moment, il remarqua de vagues silhouettes de cabanes ou de tentes éparpillées à une centaine de mètres devant eux. Sous un ciel aussi sombre, il ne pouvait distinguer aucun détail.

— Mais enfin. Qu'est-ce que c'est?

Les trois compagnons approchèrent pas à pas.

— Là! murmura Poppy en désignant une des plus grandes formes. Ce ne serait pas une… une grande roue?

— C'est une fête foraine, conclut Azumi. Comme celle qui s'installe dans ma ville tous les ans, pendant l'automne, à la rentrée scolaire. Il me semble reconnaître un carrousel.

— Et là, une maison du rire, dit Poppy d'une voix hésitante. J'en ai déjà visité une avec les filles de mon orphelinat. Elles ont essayé de me faire peur dans le labyrinthe de miroirs, mais la fille… enfin, Connie m'a montré une cachette pour les semer.

— Et Larkspur tente encore de *nous* faire peur, interrompit Dash. Venez, on va contourner cette fête foraine.

— Pour ça, il faudrait soit se rapprocher de la maison soit faire un crochet par les bois, dit Azumi. Et ni l'une ni l'autre option ne me réjouit.

— On courrait moins de risques si l'on traversait la fête foraine, non? demanda Poppy. Elle a l'air déserte.

— Tu as vraiment envie de te fier aux *apparences?* répliqua Dash.

Les bras crispés autour de la poitrine, comme pour se réconforter, Poppy répondit :

— Qu'est-ce qu'on fait, alors? On repart d'où on vient? On contourne la maison par l'autre côté? Tu as pensé à ce... à cette chose? La créature.

Des bruits de branches cassées et de buissons écrasés leur parvinrent de la forêt derrière eux. Puis ils entendirent un grondement grave. Les trois amis se prirent par la main et se blottirent les uns contre les autres.

— On n'a pas le choix, trancha Azumi.

Tremblotante, elle se retourna vers les silhouettes floues qui composaient cette drôle de fête foraine.

— On sait pourtant que c'est un piège, soupira Dash.

— On a tous réussi à déjouer les précédents, fit remarquer Poppy d'une voix rassurante.

Mais Dash se sentait beaucoup moins confiant qu'elle. Le souvenir de Marcus lui revint à l'esprit : le musicien avait affronté la créature à la lisière du bois en fredonnant la mélodie de son oncle.

— Non, pas tous, tu oublies quelqu'un, chuchota-t-il.

Mais Poppy entraînait déjà ses compagnons vers la prochaine épreuve.

CHAPITRE 3

UN HURLEMENT brisa le silence.

Les trois amis se figèrent, les yeux comme des soucoupes.

Mais soudain, le hurlement se changea en rire. Dans le pré, devant eux, on aurait dit que des enfants jouaient dans les tentes de la fête foraine. Au-dessus de leurs têtes, les nuages s'amoncelaient toujours, obscurcissant le paysage.

À l'approche des tentes, les rires et les cris cessèrent brusquement. On n'entendait plus que le chuchotis du vent dans l'herbe. Poppy guetta un instant, frémissant dans le silence soudain, puis elle reprit courage et se remit en marche. Elle parvint enfin à distinguer quelques détails. La plupart des tentes et des kiosques étaient de petite taille, avec un toit incliné et des parois en toile rayée. Tout cela évoquait une cellule de prison ou une cage de zoo. Elle passa prudemment devant le premier kiosque en scrutant les ténèbres. Elle vit une table en bois poussiéreuse et une chaise abîmée derrière un pan de toile.

— Cet endroit me rappelle quelque chose que j'ai vu dans la salle de classe de Larkspur House, indiqua-t-elle. Un des *premiers* orphelins avait dessiné une fête foraine avec une grande roue, des manèges et des ballons.

— Tout ça ne serait donc qu'un souvenir, suggéra Azumi. Un souvenir… qui aurait pris vie.

— Un souvenir de la maison? voulut clarifier Dash.

— Ou de l'un des orphelins. Cyrus a peut-être fait venir une fête foraine avant que la situation ne dégénère.

— Et il aurait laissé les installations pourrir dehors?

— Euh, non. On sait que Larkspur a été ravagée par un incendie, or… elle *tient toujours debout,* dit Azumi en montra du doigt la colline au sommet de laquelle trônait le manoir sombre et provocant. Donc si la maison est capable de *se reconstruire*, elle peut aussi reconstruire d'autres choses qui ont existé autrefois.

— Puisque vous êtes toutes les deux décidées à traverser la foire, capitula Dash en s'avançant, autant en finir au plus vite, OK?

— C'est notre meilleure option, Dash, insista Poppy.

Elle lui emboîta le pas, malgré son malaise. Dash n'avait jamais été en désaccord complet avec elle jusqu'à présent.

— De plus, ajouta-t-elle, les fantômes que nous avons rencontrés à Larkspur n'étaient pas tous méchants. Si ça se trouve, les premiers orphelins tentent de nous venir en aide. De nous fournir un indice ou un outil grâce auquel on pourra rentrer chez nous.

— Mais on sait déjà comment rentrer, objecta Dash. Il suffit d'emprunter la grande allée, de franchir le portail, et adieu Larkspur!

— Je suis de son avis, intervint Azumi. J'ai l'impression que la maison cherche à nous ralentir.

Même *Azumi* était contre Poppy, à présent?

— Et c'est précisément ce qu'elle fait, renchérit Dash. Cette fête foraine donne à nos poursuivants, les Spéciaux, la créature des ombres ou va savoir quoi, le temps de nous rattraper.

Poppy plissa les lèvres et enfonça ses ongles dans les paumes de ses mains.

Azumi tira soudain ses amis par les bras pour les immobiliser.

— Un instant, dit-elle. C'est quoi, ça? Devant eux, les tentes semblaient avoir grandi, leurs rayures s'être étirées, effilées comme des interstices entre des dents gigantesques.

— Que vois-tu? demanda Poppy.

Elle s'inquiétait pour Azumi. Leur amie marmonnait toute seule depuis un moment. Elle était secouée de tressaillements comme Marcus lorsqu'il entendait la musique de son oncle. Lorsqu'il leur mentait.

Dash et elle pouvaient-ils encore lui faire confiance?

Poppy savait ce que l'on ressentait quand on vous traitait de folle, quand personne ne vous croyait. À l'orphelinat de Thursday's Hope, les autres jeunes résidentes la taquinaient parce qu'elle affirmait qu'une fille mystérieuse l'observait dans les miroirs. Elle avait seulement découvert ce matin même, à Larkspur, que cette fille était en réalité sa cousine, Consolida Caldwell. Consolida s'était efforcée de l'avertir des dangers du manoir, mais Poppy avait compris trop tard et s'était retrouvée prise au piège.

À présent, la sortie lui tendait les bras. Si seulement Azumi et Dash reprenaient leurs esprits, ils l'aideraient peut-être à repérer un défaut dans l'armure de la maison.

— Je vois une rangée de personnes, murmura Azumi en reculant et en pointant droit devant elle. Debout dans le noir, là.

Poppy eut beau plisser les yeux, elle n'apercevait que les rayures des tentes et l'allée centrale qui obliquait à gauche, vers la maison.

— Tu vois des gens, *toi*, Dash? demanda-t-elle.

— Je n'invente rien! s'emporta Azumi. Ils sont là! À côté des tentes de droite. Ils sont cinq.

Dash tenta de la calmer. Poppy remarqua qu'Azumi tressaillait.

— On ferait peut-être mieux de revenir sur nos pas, souffla Dash.

Poppy s'avança encore un peu dans le terrain boueux avant de pouvoir les distinguer à son tour : cinq grosses silhouettes sombres alignées.

— Dash, tu me prêtes ton téléphone deux secondes?

— Je crois que la batterie est morte.

— Tu pourrais vérifier?

Dash poussa un soupir agacé et sortit son cellulaire de sa poche. L'écran illumina son visage en contre-plongée. Dash écarquilla les yeux.

— Cent pour cent de charge? Comment est-ce possible? Il frémit, puis actionna la fonction lampe de poche.

La lumière pâle éclaira moins d'un mètre de sentier devant eux. Poppy allait devoir avancer.

— J'ai peur, déclara Azumi en reculant encore.

— Fais-moi confiance, répliqua avec assurance Poppy.

Sur ce, elle ajusta la sangle de sa sacoche sur son épaule, puis elle prit son amie par la main. Dash et Azumi savaient que ses instincts les avaient déjà sauvés à plusieurs reprises. Pourquoi serait-ce différent maintenant?

Dash leur emboîta le pas et dit :

— Il y a quelque chose qui cloche, Poppy. Tu veux bien me rendre mon cellulaire?

Celle-ci fit comme si elle ne l'avait pas entendu.

Quelques pas plus loin, les silhouettes sur la droite de l'allée apparurent soudain en toute clarté. Ce n'étaient pas des gens. Enfin, pas vraiment.

C'étaient des clowns.

À son grand soulagement, Poppy saisit très vite qu'il ne s'agissait pas de vrais clowns, mais de statues en plâtre. Toutes ou presque dépassaient le mètre cinquante, certaines paraissaient plus vieilles que d'autres. Un des clowns avait le crâne tout blanc, hérissé de trois mèches de cheveux multicolores en pointe; son nez rose en triangle était presque entièrement aplati; un sourire tordu dévoilant des dents droites, certes, mais jaunies. Il portait une combinaison pâle à petits pois rouges et bleus, et levait la main dans un salut figé. Un autre clown avait une petite tête plus ovale, un nez en patate, de la paille en guise de cheveux et des yeux zébrés par des traînées de peinture bleue. Son sourire de cinglé lui prenait tout le bas de la figure, s'étirant d'une oreille à l'autre en passant par le menton. Un troisième clown, chauve et renfrogné, sortait du lot, aux yeux de Poppy. Sa combinaison présentait des losanges indigo et il fixait la jeune fille dans les yeux.

— Oh non! fit Dash en croisant les bras et en gardant ses distances. Là, j'arrête. Désolé, mais allez-y SANS moi.

— Nous n'avons pas le choix, insista Poppy.

— Moi non plus, je ne m'approche pas de ces types, déclara Azumi.

Les clowns regardaient loin devant eux, le visage inexpressif, comme s'ils étaient censés divertir une foule immense qui n'existait plus dans ce lieu abandonné.

— Poppy, murmura Dash avec une pointe de stress. Mais où vas-tu?

L'orpheline s'immobilisa. Elle ne s'était même pas aperçue qu'elle se dirigeait vers la tente voisine des clowns. Une tente dont la toile avait apparemment été déchirée.

Dash se trouvait à plusieurs mètres devant la rangée de statues en plâtre, Azumi se tenait légèrement penchée derrière lui, fascinée par le clown renfrogné.

— Je… je ne sais pas, répondit Poppy, les joues rouges.

Ils venaient pourtant bien de décider de ne plus se séparer, non?

— Je crois que j'ai trouvé une autre route, déclara-t-elle ensuite.

—Ça, non, martela Dash. On ferait mieux de revenir sur nos pas et de trouver un autre moyen de contourner le manoir.

Poppy tira sur la toile déchirée, puis balaya l'intérieur avec la lampe de poche. Des ombres sans âge s'étiraient sous la tente. Sur une large pancarte, à droite au-dessus de l'entrée, le mot JEUX était écrit en caractères vieillots, encadré d'illustrations représentant des enfants hilares, aux sourires grotesques.

— Ohé! appela Poppy en chuchotant.

— Tu crois vraiment que quelqu'un va te répondre? ricana Dash.

Devinant que ses camarades s'apprêtaient à décamper, Poppy saisit Azumi par le coude et l'entraîna vers l'ouverture. Sans perdre une seconde, elle acheva de déchirer la toile et poussa Azumi à l'intérieur.

— Voilà comment on va contourner le manoir, dit Poppy.

— Poppy! s'indigna Dash. Non!

— Ne t'inquiète pas, Azumi va très bien. Pas vrai, Azumi?

— Oui… Oui, tout va bien, dit nerveusement Azumi de l'autre côté de la toile. La tente est remplie de jeux. Mais on peut traverser et éviter les clowns.

Dash s'avança vers l'ouverture.

— Je tiens à préciser que je suis totalement contre ce plan, dit-il en serrant les dents.

— Tu penses vraiment que je vous embarquerais dans une galère? dit Poppy en s'efforçant de sourire.

Sur ce, elle pénétra dans la tente. Quand Dash l'eut rejointe, il récupéra son téléphone et les trois compagnons s'enfoncèrent prudemment dans la pénombre.

Le faisceau du cellulaire éclaira des rangées d'animaux en peluche accrochés à une paroi, derrière un grillage de poulailler rouillé. Les prix.

— Par où on va? demanda Dash, d'une voix plus calme.

Les yeux des peluches étaient braqués sur les adolescents.

Poppy désigna d'un mouvement du menton une affiche fixée au milieu de la cage – des majuscules noires sur un grand carré de papier blanc.

— Ça me rappelle quelque chose, commenta-t-elle.

— Oh non, murmura Azumi en frémissant, les mains crispées autour du bras de son amie.

Dash lut lentement le message à voix haute :

— *Jouons?* La dernière fois que la maison nous a proposé de *jouer,* les Spéciaux nous sont tombés dessus et ont essayé de nous tuer.

— On n'a qu'à traverser la tente, trouver une autre couture et la déchirer, raisonna Poppy.

Dash poussa un soupir en secouant la tête.

CHAPITRE 4

POPPY OUVRAIT LA MARCHE. Azumi se retourna et regarda l'ouverture dans la toile qu'ils venaient d'emprunter.

Elle ne savait plus à qui se fier ni comment faire cesser les questions qui se bousculaient dans sa tête, au point de l'étourdir. *Poppy a-t-elle raison? Pourquoi passons-nous par ici? Pouvons-nous croire ce que nous voyons?* Cela expliquait peut-être pourquoi elle était aussi épuisée et avait envie de dormir plutôt que de marcher comme une somnambule dans cette suite infinie de cauchemars.

Ressaisis-toi, Azumi, se dit-elle en secouant la tête. *Poppy et Dash ne doivent pas te voir dans cet état-là, ou bien ils t'abandonneront comme ce pauvre Dylan avec son masque de clown triste.* Comment avaient-ils pu ne pas le reconnaître dissimulé à l'intérieur du clown en plâtre?

Pourquoi ne leur en ai-je rien dit? se demanda Azumi.

Elle jeta un dernier coup d'œil à la toile déchirée et aperçut le clown renfrogné dans l'ouverture. Azumi lâcha un petit cri, puis trébucha et s'affala par terre. Poppy et Dash vinrent aussitôt l'aider à se relever.

— Qu'est-ce qui se passe? s'écria Dash.

— Tu as vu quelque chose? s'inquiéta Poppy.

Mais quand Azumi voulut regarder par l'ouverture, celle-ci était toute noire. Plus aucun clown dans l'embrasure. Rien que des ombres.

— Je… j'ai cru, oui. Mais j'ai dû me tromper. Le stress.

Dash et Poppy observèrent leur camarade quelques instants avant de se tourner vers les jeux et les prix qui les entouraient dans cette tente.

Pourquoi suis-je la seule à être torturée ainsi? se demandait Azumi. Poppy et Dash étaient pour ainsi dire zen. Une étincelle de jalousie s'embrasa au creux de son ventre, à l'égard de ses amis qui ne ressentaient et ne voyaient pas la même chose. Elle souffrait d'être seule dans sa bulle de confusion.

Tu es pourtant plus normale qu'eux, se rappela-t-elle. *Tu as toujours été normale. Et intelligente. Ce sont bien des qualités, non?* Azumi repensa à toutes les activités auxquelles elle participait dans son ancienne école, en banlieue de Seattle : le soccer (au poste d'attaquante), le groupe d'étude pour élèves brillants, le conseil de la vie étudiante (elle représentait les élèves de son niveau). Et lorsqu'elle avait eu besoin de se protéger des tours que lui jouait son esprit (quand elle se voyait en rêve arpenter la forêt des suicides au Japon), elle était même allée jusqu'à rechercher un pensionnat situé à l'autre bout du pays.

Il fallait un sacré courage pour entreprendre ce genre de choses. Poppy et Dash en auraient-ils été capables? Rien n'était moins sûr.

La petite troupe avait parcouru environ la moitié de la tente quand celle-ci se mit à trembler.

Un froufroutement de tissu retentit, suivi d'un grand *woooush!* Azumi pivota sur elle-même et glapit. L'entrée avait disparu.

Dash se sentit pris d'un vertige. Il se concentra sur Poppy pour se redresser.

— Qu'est-ce que tu as fait? s'emporta-t-il.

Poppy plissa le front. Elle alla inspecter la section qui venait de se refermer, et déclara :

— Ce n'est jamais que de la toile. On peut toujours la déchirer.

Elle tira dessus… sans parvenir à en défaire la couture. Elle gratta pendant quelques secondes avant de s'avouer vaincue.

— OK, je laisse tomber, déclara-t-elle.

— Ce n'est jamais que de la toile, répéta Dash, lui-même surpris par son ton venimeux.

Il cligna des yeux et s'éclaircit la voix afin de trouver un peu de calme dans le tourbillon de son cerveau.

— Et si tu la soulevais? suggéra-t-il. On n'aura qu'à se glisser dessous.

Poppy s'accroupit pour empoigner le bas de la toile, mais elle était fixée au sol. Dash se précipita pour l'aider. Il eut beau se démener, rien n'y fit. De rage, il enchaîna par une série de coups de pied dans la bâche, comme si sa colère allait ouvrir un passage. Il s'arrêta quand il fut à bout de souffle.

— Dash, ça va aller? lui demanda Poppy.

Elle voulut le prendre par l'épaule, mais il se dégagea. Elle recula en se mordant la lèvre.

Dash luttait de toutes ses forces pour ne pas fondre en larmes. Après tout ce qu'ils avaient enduré (Moriko qui était devenue la créature, la mort de Marcus, la décision d'abandonner le fantôme tourmenté de son frère), il ne supportait pas l'idée de craquer à cause d'une broutille comme cette toile. En même temps, à Larkspur, rien n'était vraiment une « broutille ».

— J'avais bien dit que c'était un piège! s'écria-t-il.

Poppy ferma les yeux, comme s'il venait de lui jeter une bombe à eau en pleine figure et qu'elle se résignait à la recevoir.

Jusqu'à quand allaient-elles se montrer si naïves? pestait intérieurement Dash. *Jusqu'à ce que l'un d'eux meure encore?*

— On ne pourrait pas la découper? proposa Azumi.

— Avec quoi?

— On casse une ampoule et on utilise le verre.

— Le verre sera trop fin. Jamais il ne…

Tout à coup, la guirlande d'ampoules suspendue au plafond s'éclaira, illuminant les jeux partout dans la tente.

— Qu'est-ce qui se passe? frémit Azumi.

Poppy accourut devant la cage aux peluches et arracha la pancarte.

— *Jouons,* lut-elle d'une voix déterminée.

— Tu es folle! hurla Dash en la rejoignant.

— Ne dis pas ça! rétorqua Poppy, les traits tendus.

Sur ce, elle se dirigea vers la table du lancer d'anneaux.

— Désolé, Poppy, reprit Dash. Mais tu n'es pas la seule à être enfermée ici. Nous aussi, on joue notre peau.

Et c'est ta faute si la sortie est bloquée. Et on n'a peut-être pas encore vu le pire.

— On ne peut pas rester là à ne *rien* faire.

— Tâchons de trouver une autre issue, suggéra Dash. Une autre couture qu'on pourrait déchirer.

— Bonne idée. Faisons ça.

Le groupe inspecta tout le pourtour de la tente, sans repérer la moindre sortie.

Dash leva les mains au ciel et s'exclama de nouveau :

— Quand je pense qu'on aurait pu faire demi-tour, sans jamais mettre le pied dans ces tentes. On aurait pu trouver un autre chemin pour rejoindre la grande allée.

— Dé-so-lée! répliqua Poppy. Tu as raison, on aurait pu passer par les bois! Mais tu crois franchement que ç'aurait été mieux?

— Oui!

Azumi s'éloigna de ses deux camarades. Poppy ramassa la pancarte.

— Moi je dis que ça va marcher. Le tout, c'est d'essayer.

— Mais tu ne peux rien nous garantir, ajouta Dash. Tu pourrais bien empirer les choses.

CHAPITRE 5

— **REGARDEZ-LES!** s'extasia Poppy, les doigts dans les trous du grillage derrière lequel se trouvaient toutes les peluches.

Il y avait là des tigres, des grenouilles, des ours et d'autres animaux dont les yeux en plastique noir renvoyaient le faisceau du cellulaire de Dash.

— Je les trouve presque beaux, tous agglutinés comme ça, ajouta-t-elle avant de secouer légèrement la cage.

Celle-ci refusa de bouger.

— Si on doit jouer, qu'est-ce que vous aimeriez gagner, dites? demanda Dash.

Poppy poussa un soupir et se recula en lui adressant un regard en coin.

— Pourquoi pas le lapin, l'ours et le chat? proposa Azumi.

— De quoi parles-tu? dit Poppy.

— Elle a raison, renchérit Dash en montrant une série d'animaux en peluche. Là-haut, le lapin. En bas à droite, l'ours. Et sur la gauche, le chat. Ils ressemblent comme deux gouttes d'eau aux Spéciaux.

Peut-être pas comme deux gouttes d'eau, se dit Azumi. Il s'agissait ici de jouets, bien plus petits que les fantômes qui les avaient pourchassés à travers Larkspur. De simples peluches qu'on aurait envie de câliner et qui lui rappelaient les siennes – celles que sa mère avait données à une œuvre de bienfaisance trois ans plus tôt.

Elle ne mentionna pas le clown vêtu de loques qui occupait le centre du panneau et qui était le portrait craché de celui qui l'avait dévisagée à travers l'ouverture de la toile.

— Azumi! s'écria Poppy en se jetant à son cou. Tu es géniale.

Azumi sourit, après avoir laissé échapper un cri de surprise, ravie de pouvoir encore être utile à ses compagnons et de parvenir à dissimuler sa peur derrière un masque.

— C'est une embuscade! tonna Dash.

— Non, pas si nous sommes préparés, le contra Poppy d'une voix ferme et forte.

Elle recula encore un peu pour observer la cage.

— J'ai dans mon sac les objets que Cyrus leur a pris : la poupée, le ballon et les bonbons. Le tout est de pouvoir entrer en contact avec eux. Le mur a l'air bien solide.

Dash examina les côtés de la structure où il vit une sorte de mécanisme.

— On dirait que ce panneau coulisse vers le haut, déclara-t-il.

Il tira dessus de toutes ses forces, puis glapit soudain et le lâcha. Du sang perlait sur ses doigts, là où le grillage l'avait blessé.

— Aïe! s'écria Dash.

Il se frotta les mains sur son tee-shirt, y laissant des traînées rouges.

— Ça va aller? s'inquiéta Poppy.

— Oui, oui. Mais cette cochonnerie…

— Je crois qu'il va falloir remporter un prix, dit Azumi en s'efforçant d'exprimer la même assurance que Poppy quelques instants plus tôt. C'est le principe, dans une fête foraine, non?

— Je me débrouille pas mal au lancer d'anneaux. Commençons par là, suggéra Poppy.

— Allez, qu'on en finisse, dit Dash.

Azumi suivit le duo jusqu'à la table garnie de bouteilles. Poppy récupéra trois anneaux argentés sur un comptoir voisin, tandis qu'Azumi fixait la version miniature du clown renfrogné.

— Bonne chance, dit-elle.

CHAPITRE 6

DASH SE TENAIT À CÔTÉ DE POPPY, les bras croisés.

— C'est censé fonctionner comment? demanda-t-il sur le ton le moins agacé possible.

Il savait qu'il avait intérêt à transmettre de bonnes ondes à Poppy, mais il ne pouvait s'empêcher de penser qu'ils commettaient une erreur en participant à ces jeux. Et ce, même s'il y avait des animaux qui ressemblaient aux masques des Spéciaux à gagner. La douleur dans sa jambe commençait enfin à se dissiper; il n'avait presque plus besoin de s'appuyer sur sa canne. Leur petit groupe ferait mieux de filer sans traîner, à son avis.

Mais c'est alors que d'un coup de poignet, Poppy projeta un premier anneau. L'objet franchit la courte distance le séparant des bouteilles et alla atterrir autour du goulot de l'une d'elles. Les deux filles crièrent en chœur « Youpi!» Au même instant, une clochette tinta et un grattement se produisit au niveau de la cage.

Dash se retourna et constata qu'une guirlande d'ampoules clignotait au-dessus des animaux. Mais surtout, la barrière grillagée s'était soulevée d'une dizaine de centimètres.

— Super! s'exclama Poppy.

— Si tu continues à gagner, la cage s'ouvrira en entier, dit Azumi. Et on pourra prendre les animaux.

Dash soupira. Il restait persuadé que cette tente, ce jeu et tous les prix étaient sans doute un piège, une arnaque. Larkspur savait ce qu'ils avaient en tête et anticipait sûrement leurs prochains coups. Il aurait aimé pouvoir fracasser la barrière et déchiqueter les peluches.

Poppy lança un second anneau qui passa au-dessus d'une bouteille, prêt à s'abattre pour gagner de nouveau, mais soudain il se mit à tanguer et retomba juste à côté de sa cible.

La cage grillagée s'abattit bruyamment et les trois adolescents sursautèrent.

— Oh non, chuchota Poppy. Je vais devoir recommencer à zéro.

— Génial! ironisa Dash en plissant les yeux dans sa direction. On a tout notre temps.

— Moi je ne suis pas mauvaise aux quilles, lança Azumi.

Aussitôt, elle se dirigea vers le stand et saisit une boule qu'elle soupesa.

— Et toi, Dash? Il y a un jeu qui te tente? demanda Poppy d'une voix douce.

— Non merci, répliqua-t-il en roulant les yeux.

Pourquoi s'amusait-elle autant? se demanda-t-il. Puis il promena son regard alentour. Un stand attira son attention. Une pancarte lumineuse annonçait : *Têtes à massacrer! Pas de pitié!* Trois étagères étaient garnies de petites figurines en sacs de pois affublées de visages grotesques et de chevelures hirsutes. Une demi-douzaine de balles attendaient sur le comptoir, à côté d'une affichette : *Combien en feras-tu tomber d'affilée?*

Dash n'eut pas le temps de saisir une première balle qu'une clochette tinta.

— Yé! cria Poppy.

L'anneau qu'elle venait de lancer tournoyait encore autour d'une bouteille. La cage grillagée grinça en remontant de dix centimètres.

— Bien joué! l'encouragea Azumi.

Dash s'apprêtait à se forcer de complimenter Poppy quand un objet heurta la toile de la tente derrière lui. Il s'écarta d'un bond, mais la paroi continuait d'onduler et de rebondir. Poppy et Azumi observaient la scène bouche bée.

Quelqu'un, dehors, cherchait à entrer.

CHAPITRE 7

POPPY S'EFFORÇAIT DE NE PAS CÉDER à la panique, d'oublier la toile qui ne cessait de battre. Elle se précipita vers Dash. Celui-ci tressauta lorsqu'elle lui toucha l'épaule.

— Si on est coincés à l'intérieur, raisonna-t-elle calmement, alors la personne ou la chose qui frappe est coincée dehors.

Dash releva la tête, les yeux écarquillés. Poppy désigna du menton les stands qu'ils avaient choisis et ajouta :

— Si on continue de gagner, la cage va s'ouvrir et on pourra libérer les Spéciaux. Ce truc qui cogne, là, ce n'est qu'un *piège* pour qu'on arrête. N'y pense plus. Jouons.

Dash retourna à ses figurines en sacs de fèves, et Azumi à son stand de quilles. Poppy, elle, ramassa plusieurs anneaux sur le comptoir. Elle se concentra, plia le coude… puis Azumi hurla, une sonnerie retentit et la barrière grillagée s'abattit de nouveau.

— Raté, pesta Azumi trois secondes plus tard, en frissonnant.

— Fais le vide dans ta tête, lui conseilla Poppy. Ne pense qu'aux quilles.

Celle-ci regarda son amie saisir une deuxième boule, fermer les yeux et inspirer à fond. Azumi décrivit ensuite un demi-cercle avec son bras droit et lança la boule. Elle renversa d'un coup toutes les quilles.

Des lumières clignotèrent dans la tente et la barrière se releva un peu plus haut cette fois, mais pas assez pour permettre aux adolescents d'attraper les peluches. C'est alors que Poppy remarqua quelque chose d'étrange. Le lapin, l'ours et le chat semblaient avoir un peu grandi. Sa gorge se noua. Elle avait compris. Ses deux amis et elles n'étaient pas les seuls à jouer dans cette tente. Forcément... la maison avait tout organisé. Mais Dash et Azumi ne devaient pas l'apprendre. Ça ne ferait que les décourager.

Dash, justement, glapit lorsqu'il renversa trois figurines. Poppy se tourna vers la cage, dont la barrière se releva encore et les trois animaux qui les intéressaient grossirent comme des ballons prêts à exploser. Poppy courut récupérer sa sacoche au fond de la tente et l'ouvrit. Elle en sortit le ballon crevé, une poignée de bonbons et la poupée sans tête.

— Qu'est-ce que tu fabriques? lui demanda Dash.

— Je me prépare. Vous deux, continuez. Et surtout, ne ratez pas vos cibles!

Dehors, l'inconnu se mit à faire le tour de la tente en frappant contre la toile. Mais Azumi ferma les yeux et lança une autre boule.

Ding! Ding! Ding!

En plein dans le mille!

— Trop forte, Azumi, la complimenta Poppy.

La barrière se souleva de cinq centimètres; le lapin, l'ours et le chat enflèrent encore; leur poids tirait sur les ficelles qui les retenaient, ce qui fit bouger toutes les autres peluches qui semblaient soudain endiablées et bien vivantes. Poppy s'arma de courage. Elle savait que si la cage s'ouvrait à l'instant où les Spéciaux retrouvaient leurs tailles normales, ceux-ci risquaient de sortir tous en même temps et elle ne serait pas de taille à les affronter seule.

Azumi se débrouillait comme une pro, alors Poppy décida de faire appel à Dash.

— Tu veux bien m'aider? lui demanda-t-elle.

Dash vint aussitôt. Elle lui remit le ballon dégonflé.

— Tâchons d'être prêts, dit Poppy. Dash approuva d'un mouvement de tête.

— Azumi, continue comme ça!

Celle-ci grogna avant de lancer encore une boule qui rebondit contre une paroi de la piste. Poppy sentit sa poitrine se contracter. La boule parvint quand même à renverser les quilles. Il y eut un autre tintement de clochette et un autre clignotement de lumières, puis la porte monta de quelques centimètres.

Les ficelles qui retenaient les Spéciaux n'allaient plus résister très longtemps. Poppy voulut s'emparer du chat, qui était le plus proche. Ses doigts effleurèrent ses pattes, mais elle ne parvint pas à les saisir.

— Attention! lui cria Dash.

Des coups sourds et puissants retentirent instantanément derrière la cage aux peluches : l'inconnu du dehors s'attaquait à la toile à cet endroit-là. Les animaux se mirent à danser la gigue et tout à coup, le lapin tomba par terre. Les yeux comme des balles de ping-pong, Poppy passa la tête dans l'ouverture et empoigna la peluche à la seconde même où Dash la saisissait par les hanches pour la sortir de ce piège. Elle mit deux secondes à se rendre compte de ce qu'elle tenait entre ses mains. Aloysius. L'orphelin qui n'arrivait pas à parler et qui aimait les bonbons jusqu'au jour où Cyrus lui en avait offert et l'avait rendu malade.

Le lapin était lourd, il lui échappa très vite et atterrit à ses pieds. Les lumières clignotèrent au-dessus de lui, on aurait dit qu'il se convulsait. Mais *peut-être* se convulsait-il vraiment…

— Azumi, attends! cria Dash.

C'était trop tard. Elle venait encore de taper dans le mille et la cage s'ouvrit entièrement. Le chat et l'ours chutèrent à leur tour derrière le comptoir.

Sans hésiter, Poppy enfonça ses doigts dans la tête du lapin et déchira le tissu en chassant de son esprit les visions de peau et d'ossements. Bientôt, elle en sortit le masque en plastique caché sous la bourre.

Les coups contre la toile s'intensifiaient et un bruit de grattement commença, comme si l'inconnu tentait de déchirer la tente.

Poppy arracha le masque du lapin et le jeta dans l'ombre près du bord de la tente. Un visage livide apparut, la mine surprise, à l'intérieur de la tête rembourrée. Les yeux du garçon s'écarquillèrent et sa mâchoire se décrocha.

La tache sombre autour de sa bouche et sur son cou s'estompa à mesure qu'il reprenait son souffle.

— Aloysius, dit Poppy en larmes. Ne crains rien, nous sommes venus te sauver.

Dash et Azumi étaient chacun penchés au-dessus d'un autre Spécial. Dash avait attrapé le masque de l'ours, et Azumi le masque du chat. Très vite, Irving et Matilda apparurent, l'air choqué, leurs regards à mi-chemin entre le soulagement et la peur.

Aloysius, lui, se pencha en avant pour tenter de s'extirper du cocon que représentait la peluche. Poppy le prit par les épaules, il déplia ses jambes et jaillit soudain. Son ancienne « prison » se déchira dans un long crissement, révélant son uniforme gris et blanc de Larkspur. Aloysius ouvrit la bouche comme pour dire *merci, dépêchez-vous,* ou encore, *attention,* mais rien n'en sortit.

Poppy tremblait. Elle se rappela soudain les bonbons qu'elle était censée lui donner. Elle les ramassa aussitôt sur le comptoir et leurs emballages de cellophane se froissèrent sous ses doigts.

— Ces bonbons, expliqua-t-elle. Cyrus te les avait pris. Accepte-les et tu seras libre.

Dash, de son côté, aidait Irving à sortir de la peluche d'ours. Les chaînes que le Spécial portait aux chevilles tintaient comme la clochette des stands. Dash remit au garçon le ballon crevé. Au même moment, Matilda se releva à son tour et arracha la poupée des mains d'Azumi. Puis elle tourna ses yeux bleus perçants vers Poppy.

Les grattements se poursuivaient contre la toile. Les autres animaux en peluche s'agitaient toujours sur leurs étagères. Plusieurs d'entre eux tombèrent par terre.

Aloysius, lui, scrutait les bonbons au creux de sa main.

— Vas-y, l'encouragea Poppy. Goûtes-y.

Tout à coup, le conseil de Mme Tate lui revint en mémoire. *N'accepte jamais de bonbons de la part d'un inconnu.* Et elle se sentit rougir. Aloysius déballa très vite un bonbon. Une petite bille noire toute dure qui ressemblait aux yeux des peluches. Le Spécial ferma les paupières, enfourna le bonbon et l'avala non sans difficulté. Tous guettaient sa réaction.

Poppy fit un pas en arrière. Quelque chose n'allait pas. Le silence s'était abattu sur la tente. Même les grattements avaient cessé.

Tout à coup, du liquide noir jaillit de la bouche d'Aloysius et de ses narines.

— *Aaargh*, gémissait le Spécial, plié en deux de douleur.

Le liquide visqueux et toxique dégoulinait jusqu'au sol.

Poppy interrogea du regard Dash et Azumi qui étaient restés auprès d'Irving et de Matilda. Aucun de ces trois Spéciaux ne réagissait comme elle l'avait prévu. Lorsque Poppy et ses amis avaient rendu à Randolph et Esme les objets qui les avaient libérés, l'harmonica et le carnet, les effets avaient été quasi immédiats. Ils avaient souri, comme s'ils redécouvraient leur meilleur ami, puis s'étaient désintégrés dans un néant paisible. Irving et Matilda la scrutaient les sourcils froncés, aussi confus qu'elle.

— Pourquoi ça ne marche pas? demanda Azumi.

— Où avez-vous pris ces objets? souffla Matilda.

— Dans un meuble de rangement, dans la tour de Cyrus, révéla Dash. Ce sont bien les vôtres, non?

Dès qu'il entendit « Cyrus », Irving lâcha le ballon.

— Non, ce ne sont plus les nôtres, expliqua Matilda. Ils lui appartiennent à présent.

Aloysius eut un haut-le-cœur, il frémit et se plia en deux. Poppy, elle, se recroquevillait sur elle-même, accablée de culpabilité. Elle voulut lui caresser le dos, mais il se déroba.

— Je suis désolée, chuchota-t-elle en promenant son regard sur le groupe effrayé.

Ils se ressemblaient tous. Tous terrifiés.

— J'ai fait une gaffe.

— Ça recommence, déclara Matilda en portant la main à son visage.

Aloysius se redressa, les joues striées de larmes noires. Il montrait sa bouche en gémissant.

— C'est ma faute, se lamenta Poppy.

Elle aurait voulu le serrer dans ses bras, mais elle savait que, d'un instant à l'autre, son masque allait se recomposer et qu'il redeviendrait un être maléfique.

Tout à coup, la toile trembla derrière la cage aux peluches. Un bruit strident résonna dans la tente lorsqu'elle se déchira et que les dernières peluches encore accrochées tombèrent par terre. Les deux pans de la toile s'écartèrent, révélant un tunnel ténébreux et rayé conduisant à Larkspur.

Chapitre 8

Un éclair zébra le ciel et le tonnerre gronda. La toiture de la maison s'illumina, toute en pointes et en tourelles.

— Il y a quelqu'un, là, dehors? demanda Azumi.

Dash la fit taire immédiatement.

Poppy se rapprocha d'eux. À sa grande surprise, les Spéciaux lui emboîtèrent le pas. Eux aussi tremblaient en scrutant les ténèbres.

— C'est la maison, chuchota Dash. Elle veut qu'on rentre.

— Non, répondit Azumi. Larkspur ne me forcera plus à faire *quoi que ce soit*. C'est hors de question!

— On doit s'occuper d'autre chose de plus urgent, dit Poppy.

— Plus urgent que de s'éloigner de la maison? répliqua Dash en écarquillant les yeux.

— Ou d'identifier le truc qui rôde dehors? renchérit Azumi. Le truc qui vient de déchirer la tente.

Aloysius grogna de nouveau, recrachant une gorgée de bave visqueuse et noire.

Dash et Azumi comprirent ce que Poppy voulait dire. S'ils ne trouvaient pas le moyen de libérer les Spéciaux, leur ennemi repasserait à l'attaque.

Poppy n'allait pas laisser une telle chose arriver.

— On va les aider, trancha-t-elle en plongeant une main dans sa sacoche.

Ses doigts se refermèrent sur un petit objet froissé. Elle avait complètement oublié qu'il se trouvait dans son sac. Quand elle rouvrit la main, Aloysius découvrit sur sa paume la dernière pastille pour la toux, arôme cerise, qu'elle avait rapportée de la ville. Le Spécial ouvrit de grands yeux, sans que Poppy puisse dire si c'était la surprise ou si c'était le masque du lapin qui transformait à nouveau ses traits.

— Ce n'est pas *à proprement parler* un bonbon, dit Poppy, mais c'est sucré. Et Cyrus n'y a pas touché. Ça te fera peut-être du bien.

Aloysius prit la pastille d'une main hésitante et la déballa. Il jeta un coup d'œil à Matilda et Irving, comme pour leur demander la permission, mais ses deux camarades ne s'occupaient pas de lui, ils se tordaient de douleur. Aloysius mit la pastille dans sa bouche et son visage se métamorphosa instantanément. Son sourire creusa des fossettes dans ses joues. Il rouvrit la bouche et cette fois la seule chose qui en sortit fut un rire. Une brise tiède traversa la tente, puis il disparut.

— Ça a marché! s'exclama Poppy.

Matilda et Irving s'arrachèrent à leurs tourments pour s'enlacer bien fort. Poppy comprit alors combien il leur était insupportable de voir leurs semblables souffrir, sans pouvoir rien n'y changer, et ce, depuis des décennies, depuis qu'ils étaient prisonniers de Larkspur.

— Qu'as-tu d'autre, dans ton sac, Poppy? demanda Azumi.

Son amie n'eut pas le temps de répondre. Un second éclair raya le ciel. À une dizaine de mètres des adolescents, sur le sentier, cinq silhouettes s'illuminèrent : les clowns en plâtre. Celui du milieu s'avança dans la lueur des guirlandes de la tente. Ses lèvres sombres et bougonnes contrastèrent aussitôt avec la pâleur de son teint.

Azumi frissonna, puis tituba en arrière, tombant dans les bras de Poppy. *Je ne suis pas folle,* se dit-elle.

— Dylan! s'écria Dash. C'est toi?

Le clown rejeta la tête en arrière et gloussa. Puis il arracha son costume indigo, et l'on vit apparaître en dessous la chemise rouge et noire de Dylan, ainsi que son short et ses sandales. Ses traits se modifièrent, le rouge du masque de clown dessinait des plaies sur son nez et sur sa bouche.

— Il nous observait depuis le début? demanda Azumi. C'est lui qui tapait contre la toile comme ça?

— Pour nous effrayer, déclara Dash en se dressant devant son jumeau.

Poppy se croyait presque dans un western, au moment du duel.

— Ce *n'est pas* Dylan, je vous le rappelle, déclara-t-elle. C'est la maison qui tire les ficelles. Depuis le premier jour.

Poppy jeta un coup d'œil en direction de Matilda et d'Irving qui étaient blottis l'un contre l'autre un peu plus loin, l'air paniqué.

Et tout à coup, eux aussi se métamorphosèrent.

Leur peau prit un teint cireux. De petites oreilles en plastique poussèrent sur leur tête. Leurs yeux s'assombrirent, puis s'enfoncèrent dans leur crâne. Leurs bouches se déformèrent en d'atroces grimaces, révélant cette fois des dents blanches et pointues. Leurs dos se redressèrent, leurs membres se raidirent et s'agitèrent.

— Non, non, non, gémit Poppy. C'est ma faute. Je me suis trompée. Ne leur faites pas de mal.

Azumi saisit Dash et Poppy par le bras pour les éloigner des deux derniers Spéciaux. Les trois amis étaient pris en tenaille : d'un côté les orphelins spectraux avec eux dans la tente, de l'autre Dylan, qui riait avec jubilation sur le nouveau chemin qui venait d'apparaître quelques mètres plus loin à l'extérieur. Derrière lui, au sommet de la colline, le manoir et ses fenêtres enténébrées semblaient observer la scène avec une assurance froide, comme si la maison avait prévu tous ces rebondissements.

— Allons, dit vivement Azumi en tirant le bras de ses amis. Partons d'ici!

— Ouais, mais où? la retint Poppy. On n'a nulle part où aller.

— Mais si, la contra Dash, un doigt braqué vers la colline derrière les clowns et son frère. Par là.

Poppy battit des paupières.

— Mais la maison…

Matilda et Irving levèrent les bras et s'avancèrent vers eux. Poppy se retourna, Dylan ne riait plus.

Tout à coup, Dash et Azumi sautèrent par-dessus la cage aux peluches effondrée pour s'enfuir de la tente. Poppy dérapa sur l'herbe en voulant les suivre.

— Attendez! cria-t-elle.

Mais le tonnerre gronda de nouveau et noya sa voix. Elle sentit des doigts glisser sur son dos : Matilda et Irving, redevenus des monstres, la pourchassaient. Elle sentit leurs griffes tentant de s'accrocher à son débardeur. Elle se releva, puis rejeta sa sacoche dans son dos.

Quelques mètres devant elle, Azumi contourna Dylan qui, lui, se jeta sur son jumeau.

— Restez groupés! cria Poppy à ses amis.

Dash enfonça son épaule dans le ventre de son frère et le repoussa au sol. Poppy eut un mouvement de recul devant la violence de ce coup.

Azumi, elle, fonçait vers les quatre autres clowns qui lui barraient la route un peu plus loin. Il n'y avait pas d'espace pour passer entre eux et les tentes de chaque côté. La seule ouverture était au centre, là où Dylan se trouvait un peu plus tôt.

Poppy entendait Matilda et Irving qui progressaient avec difficulté derrière elle. Quelques pas devant elle, Dash tentait de se remettre debout tandis que Dylan, au sol, battait des bras pour l'agripper. Poppy se précipita vers eux, empoigna Dash par l'épaule et profita de son élan pour le relever.

— Merci, grommela Dash.

Puis il hurla :

— Azumi! Attention!

Poppy vit alors les quatre clowns tourner la tête vers Azumi au moment où celle-ci franchissait leur barrage. Une fraction de seconde plus tard, ils se jetèrent sur elle.

— Non! cria-t-elle, plaquée au sol.

Sans réfléchir, Poppy fit passer la sangle de sa sacoche par-dessus sa tête.

— Attention, Dash, prévint-elle en le bousculant pour passer.

Sous le regard ahuri d'Azumi, elle fit tournoyer son sac à la manière d'un fléau avant de l'abattre avec force sur les clowns.

— Allons-y, dit Dash à cette dernière, fonçons!

Sans ralentir ou presque, il l'entraîna avec lui en la tirant par le bras. Poppy remit sa sacoche en place et s'élança à leur suite.

Le vent s'engouffrait dans l'allée entre les tentes tandis que des nuages sombres tournoyaient dans le ciel. Les pointes du toit du manoir semblaient s'allonger et s'effiler, comme autant de seringues. Larkspur House était furieuse après eux, Poppy n'en doutait pas. Ils n'étaient pas censés remporter ces épreuves foraines. Cela dit, malgré la victoire que représentait la libération d'Aloysius, elle s'en voulait d'avoir laissé passer l'occasion de libérer *tous* les Spéciaux.

La poitrine compressée comme dans un étau, elle fuyait les trois jeunes créatures effrayantes. Cependant quand elle s'aperçut que le sentier menait droit au manoir, elle ralentit légèrement. C'est alors qu'elle entendit quelqu'un l'appeler, entre Dash et Azumi et la maison. Était-ce le vent? Ou bien cette voix n'existait-elle que dans sa tête?

Puis, elle vit une lumière. À plusieurs mètres de distance, sur la pente, le battant d'une des tentes était ouvert sur la droite et laissait échapper de la lumière.

— Par là! lança-t-elle à ses compagnons.

— N'y pense même pas! répliqua Dash.

À mesure qu'ils approchaient du triangle lumineux qui se déversait sur l'herbe, Poppy sentit la tension se dissiper en elle. À l'intérieur de la tente, elle distinguait une série de grands miroirs qui reflétaient une lumière dorée. Une affiche lumineuse installée au-dessus de l'entrée s'alluma : *Palais des glaces.*

Le trio était à quelques pas de la tente quand apparut l'image d'une fille qui les observait de l'*intérieur* d'un des grands cadres. On aurait dit le simple reflet d'une personne se trouvant à l'entrée, mais Poppy n'était pas dupe. Cette fille portait une robe noire agrémentée d'un tablier blanc. Ses cheveux foncés étaient retenus en arrière. Elle leva la main et les salua à plusieurs reprises. Poppy se sentit irrémédiablement attirée.

Elle espérait que Dash et Azumi comprendraient.

Quelques instants plus tôt, ce n'était pas le vent qu'elle avait entendu, mais bien une voix humaine qui l'appelait. Celle de sa plus vieille amie, la Fille des miroirs, qui venait à sa rescousse une fois de plus.

— Regardez! s'exclama-t-elle d'une voix rauque. C'est Connie! Elle nous a trouvé une autre sortie!

CHAPITRE 9

Dash hurla :

— Poppy, non! C'est sans doute un piège…

Mais Poppy se dirigeait déjà vers l'ouverture et l'affiche clignotante.

Azumi courut la rejoindre. En voyant la Fille qui leur faisait des signes, Azumi eut l'impression que quelque chose n'allait pas.

Pourquoi Poppy décidait-elle toujours de tout?

Azumi jeta un coup d'œil par-dessus son épaule. Le chat, l'ours et le clown se rapprochaient. Les trois personnages grognèrent, puis bondirent dans sa direction.

Le temps pressait. Ou bien ils acceptaient l'invitation de la Fille des miroirs, ou bien ils continuaient à courir jusqu'à la maison. Et aucune des deux solutions ne semblait judicieuse.

Poppy s'engouffra dans la tente et Azumi n'eut d'autre choix que de l'imiter.

L'endroit était si exigu que Dash percuta Azumi lorsqu'il entra à son tour. Les trois amis heurtèrent un miroir qui se mit à osciller dangereusement.

Dehors, Matilda, Irving et Dylan beuglaient de colère. Ils pressèrent le pas, réduisant la distance qui les séparait du *Palais des glaces*. La tête inclinée en arrière, ils ouvraient grand leurs bouches de plastique comme s'ils avaient faim. Azumi s'accroupit et se boucha les oreilles pour ne plus entendre leurs cris stridents. Elle ne voulait pas voir ce qui allait se produire lorsque leurs poursuivants franchiraient le seuil de la tente, mais la terreur l'empêchait de les quitter des yeux.

Deux mains la saisirent par les épaules et l'attirèrent en arrière à l'instant où le pan de toile se referma. Elle atterrit les fesses dans l'herbe fraîche et souple. Le pan de toile bruissa quelques secondes avant de s'immobiliser brusquement.

Au-dessus d'elle, Azumi vit Poppy, hors d'haleine, qui scrutait la paroi, comme si elle craignait qu'elle se rouvre.

Azumi retint son souffle de longues secondes. Il régnait un calme étrange dans cette tente. Lorsque, enfin, les trois amis comprirent que les Spéciaux ne pourraient pas les rejoindre, Azumi se releva. Les grands miroirs qui encadraient l'entrée créaient l'illusion d'un tunnel qui s'étirait au loin dans deux directions opposées. On y voyait une infinité de reflets d'Azumi, de Dash et de Poppy qui se scrutaient, la mine terrifiée et confuse. Une série de globes ternes étaient suspendus au plafond. Eux aussi se reflétaient sans fin comme des millions de petites lunes.

Mais où était passée la Fille des miroirs?

— À cause de toi, nous revoilà coincés dans une *autre* de ces fichues tentes, Poppy, s'emporta Dash, les yeux tournés vers le sentier herbeux qui faisait un virage à quelques mètres de là.

Poppy regardait les miroirs, comme si des secours s'y cachaient.

— On ne risque plus rien, pas vrai? murmura-t-elle d'une voix monocorde, remplie de culpabilité.

— C'est bien le problème, dit Dash. On ne sait même pas si on est en sécurité ou pas. On n'aurait jamais dû s'éloigner du…

— On a quand même *sauvé* Aloysius, le coupa Poppy. Ça ne vaut rien, ça, peut-être?

Le regard de Dash s'assombrit.

— J'aurais préféré sauver Dylan, répliqua-t-il.

Poppy se pinça les lèvres : répondre aurait été aussi dangereux que d'affronter un Spécial dans ce Palais des glaces.

— Hé! s'interposa Azumi en claquant des doigts. On est toujours ensemble. Ce n'est pas rien. Tâchons de continuer comme ça.

Sa voix résonna au loin, comme si ses reflets se moquaient d'elle.

— Azumi a raison, approuva Poppy en désignant d'un geste de la tête le dédale de miroirs. Connie se trouve quelque part là-dedans. Elle va nous guider.

Sur ce, elle s'engagea dans le passage. Dash lui emboîta le pas, signifiant d'un regard à Azumi qu'il perdait patience. Azumi n'eut pas le temps de réagir, qu'un détail dans un miroir attira son attention.

Lorsqu'elle se retourna, le tunnel de reflets avait disparu. À la place, il y avait une forêt. Tout autour d'Azumi, le jour filtrait à travers les branches d'arbres aux troncs tordus et couverts de mousse. C'était la forêt du Japon où elle avait vu sa sœur pour la dernière fois.

Elle s'en trouva paralysée. Du coin de l'œil, elle voyait Poppy et Dash qui poursuivaient leur route sans elle. *Encore* une fois.

Elle entendit des coups contre le cadre dans son dos. Pivotant sur elle-même, elle bondit en découvrant Moriko, les mains à plat contre le miroir, les yeux écarquillés de peur. Azumi se couvrit la figure et secoua la tête.

— Non, dit-elle. Ça ne va pas recommencer.

Elle savait qu'il s'agissait de la créature qui se cachait dans le corps de sa sœur. Celle-ci tentait de lui faire peur afin de s'en nourrir.

La voix de Moriko résonna dans le passage.

— Éloigne-toi du sentier, Azumi. Cours…

Même les paupières closes, la voix de sa sœur lui donna le frisson.

Elle lui avait paru… effrayée. Réellement *effrayée*.

Azumi baissa les mains et plongea son regard dans celui de Moriko. Les iris de cette dernière étaient brun foncé, et non or doré comme ceux de la créature.

Azumi sentit un picotement au fond de son nez. Les larmes menaçaient de couler. Oui, *c'était bien Moriko*. Ou du moins son esprit. Elle le sentait au plus profond d'elle-même.

— Moriko, souffla-t-elle, la gorge nouée. Je suis désolée. J'ai besoin de toi. Je t'en supplie!

— Éloigne-toi du sentier, Azumi, répéta Moriko sur un ton désespéré. Sors. Cours…

— Mais comment? demanda sa sœur.

Le sol se mit à trembler. Moriko tendit les mains vers Azumi; Azumi tendit les mains vers Moriko; leurs paumes se heurtèrent à la glace. Et soudain, les yeux de Moriko se mirent à gonfler, puis à s'affaisser sur la paupière inférieure avant de dégouliner sur ses joues. Ses lèvres se déformèrent en un sourire maléfique, puis suintèrent jusqu'au menton comme une coulée de cire fondue, dans un long hurlement muet.

Azumi cria, et son cri résonna à travers le Palais des glaces.

Très vite, c'est le corps de Moriko tout entier qui se décomposa tandis que la forêt environnante s'écroulait tel un château de sable renversé par la marée. En quelques secondes, le paysage bucolique avait cédé la place aux sombres reflets et à la ribambelle de petits globes lumineux qui s'étirait à l'infini.

— Moriko! hurla Azumi en tapant des poings contre les miroirs.

Mais sa sœur avait disparu.

CHAPITRE 10

DASH SE FIGEA en entendant le cri terrifié d'Azumi. Une dizaine de mètres en arrière, celle-ci battait des poings contre un miroir comme si elle voulait le briser et saisir quelque chose de l'autre côté.

Il se précipita vers elle et l'écarta du miroir. À sa grande surprise, Azumi passa les bras autour de son cou et enfouit son visage dans son épaule, le corps secoué de sanglots.

Le tonnerre gronda dans le ciel et une averse crépita soudain sur le toit de la tente. Il pleuvait si fort que c'est à peine si Dash put distinguer les murmures de son amie :

— Ma sœur… Ma sœur…

— Tout va bien, dit Poppy en venant se poster derrière Dash, qui sursauta. On est là, tous ensemble. Qu'y a-t-il, avec ta sœur?

Azumi avait déjà les joues marbrées, mais là elle rougit carrément.

— Je l'ai vue dans le miroir. Elle était dans la forêt qu'on a visitée au Japon, celle où elle s'est perdue. Elle m'a dit de… *de m'éloigner du sentier*. De sortir. De courir…

Et après… Et après, elle… (Sa voix se prit dans sa gorge, puis repartit un ton plus haut.) Elle a fondu!

— On t'a déjà expliqué, tenta de la raisonner Dash. C'était la maison. Ce n'était pas ta sœur.

— Moi je crois que si. Elle avait les yeux bruns. Je crois qu'elle cherche vraiment à nous avertir.

— On devrait s'éloigner du sentier? répéta Poppy. Mais enfin, quel sentier?

— Peu importe, intervint Dash en secouant la tête. Nous ne pouvons plus nous fier à *rien* de ce que nous voyons. Tout ça, c'est la maison qui cherche à nous ramener en elle pour nous rendre cinglés et se gaver de notre peur…

— Mais imagine qu'Azumi ait raison. Imagine que l'esprit de Moriko ait bel et bien voulu nous prévenir. La *vraie* Moriko. Et qu'elle ait fondu parce que Larkspur voulait l'empêcher de communiquer avec sa sœur.

— Et imagine que ce soit précisément ce que Larkspur *veut* te faire croire. Tu te rappelles ce qui s'est passé dans la tente des jeux? Nous devons absolument nous en tenir à notre plan : rejoindre la grande allée, et partir!

— Regarde autour de toi, insista Poppy. On ne peut pas rejoindre l'allée, là.

— C'est bien ce que je dis, trancha Dash en plissant les paupières.

Poppy soupira, puis elle reprit :

— D'après l'affiche, nous sommes dans un palais des glaces, un labyrinthe de miroirs. Or les labyrinthes ont une entrée et une sortie. Il ne nous reste plus qu'à trouver la sortie.

— Tu dis ça comme si la réalité s'appliquait ici, pesta Dash. Ce n'est pas le cas.

— Bon, allons! dit Poppy. Qu'aurait décidé Marcus? Moi je parie qu'il aurait voulu essayer de battre la maison à son propre jeu.

— Tu suggères qu'on laisse des miettes de pain dans notre sillage? demanda Dash.

— Tu as du pain sur toi? répliqua Poppy, les yeux comme des soucoupes.

— Je plaisantais…

— C'était bien ma sœur, dit Azumi. Et elle s'adressait à moi. Je devrais peut-être donner mon avis, pour une fois.

— Mais tu es… commença Poppy en se retenant de prononcer la suite.

— Je suis *quoi?* s'emporta Azumi.

Poppy secoua la tête, comme si ses pensées venaient de s'envoler. Elle ne savait plus trop ce qu'elle allait dire. Ce qu'elle savait, en revanche, c'est que le soutien d'Azumi lui était indispensable, d'autant plus que Dash commençait à douter d'elle.

Azumi la prit brusquement par le bras et l'entraîna dans le tunnel de miroirs. Le passage formait une intersection quelques mètres plus loin.

— À droite ou à gauche? demanda Azumi d'une voix glaciale.

Dash les suivait à pas lents et prudents. Un petit sourire aux lèvres, comme s'il se réjouissait de voir Poppy vaciller sur son trône.

Un mot s'infiltra dans l'esprit de celle-ci : *mutinerie.*

Une silhouette apparut dans son champ de vision, une forme sombre qui dansait dans un miroir sur sa droite. Son cœur fit un bond, elle accourut vers cette glace.

— Connie! s'écria-t-elle en entraînant Azumi avec elle.

— Poppy, moins vite! dit Dash en s'élançant à son tour.

— Elle nous aide! Elle nous montre le chemin.

Malheureusement, l'ombre s'estompa.

— Connie! Connie, attends!

Le trio s'aventura dans ce nouveau passage. Devant eux, les miroirs formaient une large clairière arrondie, percée d'ouvertures donnant dans des tunnels; le tout évoquait une araignée. Au centre de ce nouvel espace, les miroirs pivotaient tels des kaléidoscopes. Des centaines de reflets de Poppy, de Dash et d'Azumi regardaient tous une direction différente, rendant les issues presque invisibles.

— Connie, chuchota Poppy. Par où aller?

— Ça m'embête de le demander, intervint Dash, mais qu'est-ce qui nous prouve que ta cousine nous oriente dans la bonne direction?

— Elle ne nous induirait pas en erreur, s'indigna Poppy.

— C'est ce que je croyais aussi pour Moriko, souffla Azumi.

Sans discuter davantage, Poppy appela :

— Connie, je t'en supplie!

Une ombre, une seule, apparut près d'une ouverture à l'autre bout de l'espace.

— Là-bas, dit Poppy. Vous voyez?

Le visage blafard de Consolida se matérialisa un bref instant avant de s'agiter furieusement, comme ses reflets le faisaient depuis que Poppy était arrivée à Larkspur. Bien sûr, la maison ne voulait pas que Connie aide sa cousine.

— Regardez! s'exclama Poppy. La sortie!

— Tu ne nous as pas écoutés, hein? râla Dash en suivant Poppy qui traversait la « clairière ».

— La maison cherche à ce qu'on se dispute, répondit-elle. Nous devons rester soudés.

— Tous derrière toi, tu veux dire, persifla Dash.

Oui! explosa intérieurement Poppy. *Ce sont mes ancêtres qui habitaient ici. Connie et Cyrus sont mes cousins. S'il y a une personne qui doit décider ici, c'est celle qui est liée à Larkspur House. Donc, moi!*

Poppy tremblait de tout son corps. Cette façon de penser… ça ne lui ressemblait pas. Les autres avaient peut-être raison, elle ferait sans doute mieux de prendre du recul et de les écouter pour une fois.

Pas si tu tiens à sortir d'ici, répondit une voix dans sa tête. On aurait dit la sienne.

— Une seconde, dit Azumi. Si Connie est là-bas, qui est cette fille, alors?

D'un geste du menton, elle désigna une autre issue. Poppy y découvrit une autre fille qui, elle aussi, leur faisait signe. Elle portait la même robe noire et le même tablier blanc que Connie, et son image tressautait au même rythme qu'elle.

Les joues en feu, Poppy répondit :

— Je… aucune idée.

— Et elle, là-bas? ajouta Dash en indiquant une troisième sortie où une troisième Connie les invitait à la rejoindre.

— Nom d'un… s'étouffa Poppy.

Son cœur s'emballait déjà. Elle se retourna vers la première Connie, qui clignotait, les mains levées sur la tête en signe de désespoir.

— Oh non, fit Azumi en pivotant lentement.

Ce mouvement lui permit d'observer ce qui se produisait dans les miroirs. Chacun renfermait une image de la Fille. Toutes levaient les mains comme la première, puis se mirent à s'agiter et à devenir floues. Les reflets noyèrent l'espace sous une infinité de Connie. Trop nombreuses pour qu'on les différencie.

— Ne traînons pas, chuchota Dash. Venez, vite.

— Mais par où veux-tu qu'on aille? demanda Azumi.

— La maison cherche à nous embrouiller, raisonna Poppy. Il suffirait qu'on devine laquelle de ces Connie est la vraie.

— Et on s'y prend comment? demanda Dash, les bras croisés pour tenter de maîtriser ses tremblements.

— Leurs yeux. Les fausses auront forcément les iris dorés. Regardons de plus près.

Aussitôt, elle accourut vers le miroir où elle avait vu apparaître la première Fille. Mais ce faisant, elle s'aperçut que les images bougeaient trop vite pour qu'elle distingue le moindre détail.

— Connie, implora-t-elle, pitié, dis-moi laquelle est la bonne.

Hormis la pluie qui martelait le toit, la « clairière » baignait dans un étrange silence.

Poppy s'approcha à pas mesurés d'une Connie située à côté de l'ouverture qu'elle croyait reconnaître comme la première. À sa grande stupeur, la Fille des miroirs se figea soudain, le visage dans l'ombre.

— S'il te plaît, insista Poppy, une main tendue vers le reflet. Montre-moi tes yeux.

Mais le personnage n'ouvrit pas les paupières. Au lieu de cela, une ligne sombre se dessina vers le bas de son visage, se courbant pour former un large sourire démentiel. Ses lèvres fines s'entrouvrirent et révélèrent des dents pointues faites de tessons de verre.

Poppy hurla et tituba en arrière. Dans son dos, Dash et Azumi poussèrent eux aussi des cris de terreur qui résonnèrent contre les miroirs. Promenant son regard alentour, Poppy s'aperçut que toutes les Connie affichaient le même rictus glaçant. La bouche grande ouverte, les dents étincelantes, elles s'avancèrent toutes dans l'herbe, leurs silhouettes se décollèrent des miroirs comme une pâte gluante noire. Puis elles se solidifièrent pour former une armée d'ombres marchant vers Poppy, Azumi et Dash. Et tout à coup, elles se mirent à courir.

CHAPITRE 11

DASH SAISIT AZUMI PAR LE BRAS et se précipita vers Poppy alors que les filles des miroirs se pressaient autour d'eux. Il sentait les doigts des différentes Connie lui frôler le dos. Puis il vit Poppy qui titubait légèrement.

— Courez, courez, courez! Continuez comme ça! lâcha-t-il.

Poppy s'appuya un instant contre deux miroirs pour se ressaisir. Puis, sans se retourner, elle reprit sa course.

La guirlande de lumières tamisées éclairait le passage et les murs semblaient se rétrécir. Une nouvelle intersection s'annonçait.

Dash grogna. Ils n'avaient pas le temps de réfléchir, et ils pourraient très bien choisir un passage qui finirait en cul-de-sac. Il s'efforça de chasser de son esprit l'image de ces filles, avec des tessons de verre plein la bouche, mais en vain. Si elles leur tombaient dessus, ils étaient fichus…

Poppy prit le passage de gauche, à l'embranchement. Dash et Azumi l'imitèrent.

Dash entendait la voix de son frère dans sa tête; Dylan l'exhortait à se dépêcher, à se reprendre et à serrer les poings. *Après toutes ces épreuves, tu trouveras bien un moyen de sortir.*

Le trio courait sans relâche. Et tout à coup, Dash eut l'illumination. *Sortir.* Le reflet de Moriko avait dit la même chose à Azumi quelques instants auparavant. Et quoi d'autre encore…

Les filles des miroirs pressaient le pas, ce qui faisait résonner des bruissements dans le corridor. *Qu'avait-elle dit d'autre?* Dash avait les poumons en feu, le souffle court.

Éloigne-toi du sentier…

Ils étaient sur un sentier, là. C'est à cela que Moriko avait fait référence.

Mais comment s'en éloigner sans sortir d'abord du labyrinthe?

Le tonnerre fracassa l'atmosphère, les miroirs tremblèrent dans leurs cadres en bois.

Éloigne-toi du sentier…

Une leçon d'un vieux précepteur lui revint en mémoire. Un poème appris par cœur.

Le meilleur moyen de sortir, c'est de… *passer à travers!*

— Poppy! s'écria Dash. Ta sacoche!

Elle lui adressa un regard par-dessus son épaule.

— Quoi, ma sacoche? demanda-t-elle.

— Fracasse les miroirs avec!

— Mais comment? répondit Poppy sans cesser de courir.

Derrière eux, l'herbe bruissait toujours, piétinée par des centaines de pieds ténébreux.

— Balance-la comme tu l'as fait avec les clowns!

Une nouvelle intersection en T se présenta devant la petite troupe. Dans les miroirs, Dash voyait les reflets de ses amies et lui courant vers le mur, le visage déformé par la peur. Derrière eux, une ondulation ténébreuse menaçait de les écraser. Des milliers de points scintillaient telles des étoiles; les tessons de verre qui servaient de dents aux filles luisaient lorsqu'elles souriaient.

— Maintenant! ordonna Dash.

Poppy passa la sangle de sa sacoche par-dessus sa tête et pivota tout en courant. La force du mouvement la fit accélérer. La sacoche heurta un miroir violemment, la glace se fendilla. Un cri étouffé retentit dans le couloir derrière les trois ados, comme si les filles avaient ressenti le choc.

— Encore! réclama Azumi en s'arrêtant pour regarder leurs poursuivantes.

Elle écarquilla les yeux quand elle découvrit la vague sombre qui les toisait.

— Poppy, vite!

Dash se mit lui aussi face aux filles. Elles se ruaient vers lui. On aurait dit un liquide fumeux composé d'une nuée de mains, de dents et de cheveux. Il tendit les bras comme si cela pouvait suffire à les arrêter et à les empêcher de rejoindre Poppy et Azumi.

Du coin de l'œil, il observa Azumi qui aidait Poppy à soulever sa sacoche. Les deux camarades l'abattirent de nouveau sur le miroir qui se fragmenta un peu plus encore. La vague des Connie frémit une nouvelle fois sous l'impact. La masse noire ralentit, mais pas longtemps.

— Dash! lança Poppy. Viens nous aider!

Les deux filles reculèrent de plusieurs pas et Dash se joignit à elles. Ensemble, ils se propulsèrent les épaules en premier contre le miroir fendillé en se protégeant le visage avec leurs mains. Dash entendit la glace craquer et ils franchirent le cadre en bois. Il eut aussitôt la sensation de tomber dans des ténèbres humides.

Il fit une roulade dans l'herbe trempée qui encerclait la tente, écrasant au passage les éclats de verre qui chutaient alentour. Un cri terrible monta du labyrinthe de miroirs. Il se retourna et vit les fissures se diffuser de miroir en miroir. Les spectres des filles des miroirs se figèrent sur place, scrutant Azumi, Poppy et lui de leurs yeux dorés.

Après quoi les cadres des miroirs implosèrent et les panneaux de glace lacérèrent la masse ténébreuse des filles. Les fantômes disparurent instantanément, leurs dents se mêlèrent aux éclats de verre qui pleuvaient.

Les guirlandes lumineuses s'éteignirent, laissant Dash, Poppy et Azumi dans l'obscurité complète.

CHAPITRE 12

DE GROS NUAGES NOIRS déversaient une pluie fine sur le pré. À la faveur d'un éclair, Azumi entraperçut la tente dont ils venaient de s'échapper. À sa grande surprise, les murs étaient de nouveau intacts. Leurs rayures foncées évoquaient des silhouettes l'observant. Elle recula en s'aidant des talons et des mains, ses paumes griffées par les éclats de verre qui jonchaient l'herbe.

Poppy et Dash, eux, étaient déjà debout. Ils lui tendirent la main pour l'aider à se relever. Sans dire un mot, les trois amis tournèrent le dos à la fête foraine et déguerpirent.

Éloigne-toi du sentier, Azumi... Sors. Cours.

Moriko! C'était bien sa sœur qu'elle avait entendue dans la tente. Elle avait essayé de l'aider. Non, ça n'avait pas été un piège!

Sauf si c'est ce que la maison veut te faire croire...

Tais-toi, tais-toi!

Un nouvel éclair, et le manoir apparut au sommet de la colline, sur leur gauche. Ils approchaient d'un angle de la bâtisse, mais il y avait encore un long chemin à parcourir avant d'atteindre l'allée, surtout s'ils restaient sur le sentier qui longeait le bois.

Le vent les fouettait. Une rafale emplit la longue robe d'Azumi comme une voile de bateau et manqua plusieurs fois de la renverser. Dash et Poppy luttaient eux aussi pour avancer.

Au moins, ils allaient dans la bonne direction.

Combien de temps vas-tu tenir avant de te briser en mille morceaux... comme les miroirs?

Azumi cessa de courir. *Sors de ma tête!*

Un rire tournoyait autour d'elle. Tremblante de peur, Azumi pivota sur elle-même pour en repérer la source, mais le son semblait provenir de l'orage lui-même. Les tentes étaient déjà loin derrière elle. Et devant... Poppy et Dash fonçaient toujours à travers les hautes herbes.

— Hé! les interpella Azumi. Attendez-moi!

Ils se retournèrent vers elle au moment où la foudre s'abattit à quelques pas d'eux. Poppy et Dash furent projetés en l'air et atterrirent sur le dos. Azumi retint son souffle et se précipita aussitôt à leur secours.

Ses deux amis scrutaient le ciel, la pluie délavant leurs visages.

Non! Pitié! Faites qu'ils ne soient pas morts! Faites qu'ils ne soient pas MORTS!

Azumi glapit quand ses deux amis clignèrent des paupières.

— Oh! Quel soulagement, souffla-t-elle. Vous n'avez rien?

— Ça va, je crois, déclara Poppy en tâtant son corps comme pour y repérer une blessure. Et toi, Dash?

Celui-ci se releva avec difficulté et répondit :

— On l'a échappé belle.

Poppy se remit debout à son tour et pressa Azumi contre sa poitrine.

— Tu nous as sauvés. Si on avait continué dans cette direction… Je préfère ne pas savoir dans quel état on serait maintenant.

— Nous devons nous mettre à l'abri de cet orage, dit Azumi.

Un nouvel éclair fendit le ciel, immédiatement suivi d'un coup de tonnerre assourdissant.

— Nous abriter? répéta Dash. Mais comment donc? Tu voudrais qu'on rentre dans la maison?

— Regardez! intervint Poppy en désignant le bois.

Près des arbres, une structure sombre ressemblait à s'y méprendre à une petite grange ou à une écurie.

— On pourrait peut-être se réfugier là?

— Non merci. Je ne te suivrai pas dans une autre baraque, trancha Dash en secouant la tête.

Un autre éclair illumina la nuit et un grondement de tonnerre fit trembler la terre. Une bourrasque souffla si fort que des branches ployèrent jusqu'au sol.

— Nous n'avons pas le choix, insista Poppy en prenant Azumi par la main. Si nous restons ici, nous allons mourir.

— Mais la maison ne veut pas nous tuer, répondit Dash. Elle cherche juste à nous faire peur. Notre peur est son carburant. Si nous mourons, elle n'a rien à gagner.

— Va dire ça à Marcus! lui lança Poppy.

Un silence choqué s'abattit sur le trio.

— Poppy… souffla Dash en se prenant la tête à deux mains.

Poppy s'éloignait déjà, entraînant Azumi avec elle sans ménagement, mais celle-ci se dégagea. Poppy secoua la tête et poursuivit sa route, abandonnant ses deux camarades. Azumi tendit la main à Dash.

— Nous devons rester ensemble. C'est toi-même qui l'as dit. Tu te rappelles?

CHAPITRE 13

DASH SENTAIT ENCORE L'ÉLECTRICITÉ le picoter de la tête aux pieds. Dylan avait-il éprouvé la même chose quand…

Dash repoussa immédiatement cette pensée.

Ça lui faisait mal de l'admettre, mais Poppy avait raison. L'idée de rester dehors sous cet orage l'effrayait presque autant que la grange bizarroïde. Azumi et lui s'élancèrent à la poursuite de leur camarade.

La grange semblait grossir à mesure qu'ils s'en approchaient en combattant le vent. Dash distinguait de nouveaux détails chaque fois qu'un éclair illuminait le pré : des trous dans la toiture pourrie et des murs en bois sans âge et inclinés. Une bonne rafale risquait d'en venir à bout.

Pourtant, Poppy ne ralentissait pas. Dash se lassait de discuter avec elle. Elle n'était plus la même depuis que la créature avait tué Marcus. Pour elle, seules ses idées tenaient debout. La jeune fille timide qu'il avait rencontrée le matin même n'existait plus.

Un large portail était ouvert dans un mur de la grange. Poppy et Azumi en franchirent le seuil et se blottirent à l'intérieur. Il n'y avait apparemment plus de porte, ni à droite ni à gauche, et c'était tant mieux. Rien ne pourrait les enfermer dans cette bâtisse.

Nous avons tous beaucoup changé depuis ce matin, entendit-il la voix de Dylan lui glisser à l'oreille. *Surtout toi, petit frère.*

— Et depuis quand es-tu si malin, toi? murmura Dash comme si son jumeau pouvait l'entendre.

— À qui parles-tu? lui demanda Azumi.

Dash se mit à l'abri à côté des deux filles.

— À personne, juste à moi, je parlais tout seul, marmonna Dash en lançant des regards furtifs dans la noirceur.

Il activa la lampe de poche de son téléphone et révéla les flaques d'eau de pluie sur le sol crasseux de la grange. La pluie tambourinait sur le toit, le vent faisait grincer le vieux squelette de la structure. Des stalles ouvertes s'alignaient contre le mur de gauche. De la paille s'entassait comme des congères contre les cloisons. L'odeur musquée du bétail humide lui piquait les sinus.

Un grincement résonna dans la grange; Dash recula d'un bond. Il orienta son téléphone vers la gauche et aperçut Poppy en train de gravir une volée de marches branlantes.

— Non, mais… qu'est-ce que tu fais? s'emporta-t-il, le feu aux joues.

— J'ai cru entendre quelque chose, expliqua-t-elle sans s'arrêter.

Dash n'entendit que la pluie sur le toit et les battements de son cœur dans sa tête. Il s'efforça d'étouffer sa colère. Crier après Poppy ne servirait à rien.

— Raison de plus pour rester en bas, non? répondit-il ensuite.

Azumi se tenait au pied des marches et se tourna vers Dash, comme si elle était du même avis.

— Un coup de main, s'il te plaît! lui glissa Dash à voix basse.

— On dirait un enregistrement, dit Poppy. Ou bien la radio.

— Sois prudente! lui lança Azumi.

Puis elle se tourna vers Dash et ajouta :

— Tu crois qu'on devrait monter nous aussi?

Il grimaça, ses épaules l'élançaient encore.

— Ça alors, il y a tout un bazar ici, dit Poppy depuis le grenier.

— Ici aussi c'est un vrai bazar, répliqua Dash. Ce n'est pas une raison pour se mettre à farfouiller.

Poppy se pencha par-dessus la rambarde, une moue renfrognée aux lèvres.

— Mais il va bien falloir qu'on trouve comment libérer les autres Spéciaux.

— Les Spéciaux? ne put s'empêcher de tressaillir Dash. Je croyais qu'on se protégeait de l'orage avant de regagner l'allée principale. Ça te revient?

— Je trouverai peut-être un truc ici qui permettra de libérer Matilda et Irving, insista Poppy d'une voix plus dure.

— Et mon frère? Il ne faudrait pas oublier mon frère, hein?

— Si jamais on les recroise, autant être prêts.

Peut-être ne l'avait-elle pas entendu? D'un mouvement du menton, elle désigna le portail par où la pluie s'engouffrait.

— Et vu qu'on est coincés ici pour l'instant…

Azumi s'engagea dans l'escalier à son tour.

Dash se sentit soudain très seul. Si Dylan était là, ils feraient corps l'un avec l'autre. Avant même de s'en rendre compte, lui aussi mettait le pied sur une marche.

Arrivé au grenier, il entendit la voix dont parlait Poppy. C'était un faible bourdonnement, pas assez fort pour qu'il distingue des mots.

Le toit descendait en pente raide vers la gauche de la plateforme. Au milieu du plancher, une couverture en laine rouge avait été étalée comme si un pique-nique avait été interrompu brusquement. Quatre ou cinq sacs recouverts de poussière dessinaient un cercle hésitant sur la couverture. C'était de là que provenait le son.

Dash braqua le faisceau de sa lampe de poche sur un petit rectangle en bois posé au milieu de la couverture.

Quelqu'un avait copié les lettres de l'alphabet ainsi que les mots *OUI* et *NON* sous la partie centrale, où figurait l'inscription *Planche des ombres*.

— C'est une planche pour parler aux fantômes, dit Azumi.

— Une planche de Ouija, merci, je connais, répliqua Dash.

Poppy s'agenouilla sur la couverture.

75

— N'y touche pas! cria Azumi, faisant ainsi sursauter Poppy.

— OK, répondit-elle. On n'a pas besoin de ça pour parler aux fantômes, c'est vrai.

Elle saisit alors un sac et en défit la fermeture éclair. À l'intérieur, elle trouva un objet qui ressemblait à un magnétophone. Un petit haut-parleur amplifiait la voix déformée qui résonna dans tout le grenier.

— Un vieux magnétophone à cassettes, commenta Poppy en appuyant sur le bouton d'arrêt. Presque mort.

Du même sac, elle sortit ensuite des carnets, des stylos, des polaroïds et enfin des piles. Elle inséra les piles dans le compartiment à l'arrière de l'appareil, avant de presser la touche « Retour rapide ».

— Si on écoute depuis le début, peut-être que…

— On sera repartis avant, la coupa Dash.

— Ça, tu n'en sais rien, répondit Poppy.

Le rembobinage s'arrêta avec un déclic. Poppy enfonça la touche « Lecture ».

CHAPITRE 14

UNE VOIX ENROUÉE DE FILLE retentit par la membrane du haut-parleur :

« *Note à moi-même. Prévoir de me trouver de nouveaux amis; de préférence, éviter les ratés immatures.* »

— Baisse un peu le son, dit Dash.

Poppy trifouilla le bouton de volume et enfonça par mégarde la touche « Avance rapide ». Quand elle appuya sur la touche de lecture, une autre fille s'exprimait d'une voix flûtée, veloutée et effrayée : « *Mais j'ai lu quelque part que la maison avait été construite par le père du directeur de l'orphelinat. Un peintre célèbre. Frederick Caldwell, il me semble. Certaines de ses œuvres sont encore exposées dans la bibliothèque de Greencliffe. Il y avait beaucoup de paysages, mais il a aussi fait des portraits. Il paraît que ses toiles dégageaient quelque chose d'étrange.* »

Un rire nerveux interrompit la jeune fille.

« *Étrange comment?* » dit la voix d'un garçon.

« *Je ne sais pas. Mais apparemment, elles donnent la chair de poule.* »

« *Moi, c'est ta mère qui me donne la chair de poule!* »

« *La ferme, Will!* »

Les deux filles avaient crié en chœur cette dernière phrase, provoquant l'hilarité générale dans l'enregistrement.

« *Blague à part,* enchaîna un autre garçon, *moi aussi j'ai entendu parler de cette histoire. Et si j'ai bien compris, ce serait lié à un pacte que Frederick Caldwell aurait conclu avec quelque chose qui vit dans le bois.* »

« *Un pacte?* » répéta la première fille.

« *Voilà. D'après mon grand-père, Frederick prenait ses ordres d'une société secrète basée à New York. Où bâtir la maison. Comment contacter la… chose qui pourrait faire de lui un homme riche et célèbre. Mais il y avait un prix à payer. C'est ce qui a coûté la vie à presque toute la famille du peintre. Et qui a rendu Frederick fou, et son fils après lui. Cet endroit est maudit. Beaucoup de gens y ont trouvé la mort.* »

Une courte pause, puis la première fille ajouta d'une voix chargée de sarcasme : « *On a bien fait de venir, dites donc!* ».

Azumi appuya sur la touche « Arrêt »; Dash et Poppy sursautèrent.

— J'étais sûre que nous ne nous retrouvions pas ici pour rien, dit Poppy, les yeux écarquillés. Les histoires de ces jeunes! Un pacte? C'est comme si quelqu'un voulait que nous…

Azumi rembobina la bande de quelques secondes, ce qui fit bondir Poppy.

— Qu'est-ce qui te prend? demanda Poppy.

— Écoutez, murmura Azumi en appuyant sur la touche de lecture.

« ... *fils après lui. Cet endroit est maudit. Beaucoup de gens y ont trouvé la mort.* » Pause. « *On a bien fait de venir, dites donc!* »

— On est censés entendre quoi? demanda Dash.

Azumi secoua la tête, rembobina encore, puis enfonça la touche de lecture.

« ... *est maudit. Beaucoup de gens y ont trouvé la mort.* »

Elle monta le volume et Poppy perçut quelque chose dans le bref répit. Une autre voix. Plus grave qui disait :

« *Vous... mourrez... aussi...* »

Puis la voix de la première fille :

« *On a bien fait de venir, dites donc!* »

Azumi appuya sur la touche d'arrêt et se tourna vers Poppy et Dash.

— Vous avez entendu?

Ses camarades acquiescèrent, le visage de marbre.

— Qui étaient ces jeunes? demanda Azumi.

Dash ramassa les carnets et les photos que Poppy avait sortis d'un des sacs. Un polaroïd lui échappa : quatre adolescents souriants, devant ce qui ressemblait au portail de Larkspur. Ils portaient des vêtements qui devaient être à la mode il y a quarante ans.

Les deux filles avaient les cheveux longs et les garçons portaient des chemises flamboyantes à très large col.

— Ils ont dû venir de Greencliffe pour explorer Larkspur, suggéra Poppy.

— Et ils n'en sont jamais repartis, ajouta Azumi, le front plissé.

— Cinq jeunes, dit Poppy en désignant les bagages disséminés autour de la planche.

— Mais ils ne sont que quatre sur la photo, fit remarquer Dash.

— Le ou la cinquième a dû prendre la photo, conclut Poppy. Cinq. Autant que les premiers orphelins de Cyrus, dans les années 1930, ceux qui se sont noyés. Autant que les Spéciaux des années 1950.

— Autant que nous, ajouta Azumi. Nous étions cinq, au départ. Avant que Marcus et Dylan…

— C'est la maison, s'empressa d'intervenir Dash. Elle… elle convoque cinq jeunes à intervalles plus ou moins réguliers. Comme si c'était son chiffre porte-bonheur.

— Le cinq est un chiffre puissant, ajouta Azumi. Ma baba disait toujours que certains nombres ont une signification particulière.

— Et quelle est la signification du cinq? la relança Dash.

Son amie secoua la tête. Le petit losange en bois fixé sur la planche de Ouija s'agita. Tous les regards convergèrent sur lui.

— Vous y avez touché? s'étrangla Dash.

— Non, chuchotèrent en chœur les filles.

Les trois amis s'éloignèrent de la planche.

À leur grande surprise, le losange se mit à glisser, s'arrêtant sur certaines lettres. Azumi les lut à voix haute. « R… E… G… A… R… D… E… Z… » Et le ballet cessa.

— Ils sont là, affirma Poppy, son regard dardant les ténèbres du grenier.

— *Regardez?* répéta Dash d'un ton inquisiteur en fixant la planche.

— Ils veulent nous parler, enchaîna Poppy. Comme les premiers orphelins, dans la salle de classe, avec le tableau noir.

— Euh… hésita Azumi. Ce ne sont pas les jeunes qui ont essayé de vous noyer, Marcus et toi?

— Et ils voudraient qu'on regarde quoi? demanda Dash en montrant le losange.

Il jeta un coup d'œil alentour, au cas où il apercevrait ce nouveau groupe d'esprits avant de reprendre :

— Ohé? Vous pouvez décoder?

— Oh mince, fit soudain Poppy en sortant un papier jauni d'un des carnets.

Une coupure de journal datant de 1912. Elle lut :

— *Greencliffe. 1ᵉʳ juin. Un incendie s'est déclaré tôt hier matin à l'étage de Larkspur, qui a fait deux victimes parmi les membres de la famille Caldwell…*

Poppy leva les yeux vers ses amis.

— C'est le même article qu'on avait trouvé dans la tour. L'autre était à moitié déchiré, mais cette page-ci…

Elle déplia le papier, révélant le reste de l'article.

— Cette page est entière.

Le losange en bois passa à plusieurs reprises sur le mot *OUI* avant de s'immobiliser.

— Que raconte l'article, Poppy? insista Azumi.

Dash braqua sa lampe de poche sur la page afin que Poppy puisse mieux voir.

Quant à son fils, il est actuellement en observation au tout nouvel hôpital de Peekskill, au sud de Greencliffe.

— Le fils en question, c'est Cyrus, vous vous rappelez? Le peintre était son père, précisa Poppy.

Cette tragédie est la seconde à frapper Larkspur récemment. Il y a un mois à peine, plusieurs visiteurs ont péri quand leur véhicule a percuté le mur d'enceinte au niveau du portail situé sur Hardscrabble Road. Les victimes étaient Mme Dagmar Spencer, 40 ans, domiciliée à New York, et ses cinq jeunes pupilles : Fergus Spencer, 11 ans; Gustav Spencer, 9 ans; Kristof Spencer, 10 ans; Dawn Spencer, 12 ans; et Tatum Spencer, 11 ans. Leur chauffeur, Blake Brazzel, éjecté lors du choc, souffrait de blessures légères. Il a affirmé avoir perdu le contrôle du véhicule. Mme Spencer, qui se prétend médium, aurait été invitée, ainsi que ses enfants, à Larkspur par Mme Eugenia Caldwell afin qu'elle y organise une cérémonie spiritualiste. L'enquête relative à cet accident est toujours en cours.

— Encore cinq jeunes qui ont perdu la vie, dénombra Azumi. Cette maison est vorace.

— C'est quoi, une *cérémonie spiritualiste?* demanda Dash.

— Sûrement un truc de médium, répondit Poppy. Cette Mme Spencer et ses enfants devaient se livrer au spiritisme pour Mme Caldwell.

— Ces enfants, justement, reprit Azumi, qu'est-ce qui les pousse à nous *donner* ces informations-là?

— Pour faire diversion? proposa Dash, les bras croisés. Ils sont peut-être complices de la maison, ils veulent nous embrouiller.

— En nous fournissant des explications? le contra Poppy. Ça m'étonnerait. Ils veulent nous aider.

— Nous aider ou nous faire du mal?

Azumi désigna d'un mouvement de la tête l'escalier.

— De toute manière, on s'en ira dès que l'orage se calmera… Dès qu'on pourra, on repartira à la recherche de la grande allée.

Poppy entreprit de fouiller les autres sacs. Dans le plus lourd, elle découvrit un gros outil : deux poignées métalliques qui s'écartaient, et une paire de lames qui s'ouvraient et se fermaient comme un bec d'oiseau.

— Un coupe-boulons, dit-elle.

— Ils voulaient peut-être qu'on le trouve, suggéra Dash en prenant l'outil.

Sur la planche, le losange glissa de nouveau. Azumi lut les lettres à voix haute.

— É… C… O… U… T… E… Z…

Le magnétophone se remit en marche tout seul, en mode « Avance rapide », ce qui fit sursauter Poppy. La cassette s'arrêta et la lecture reprit. Des cris jaillirent par le haut-parleur, les voix des jeunes se chevauchant dans la panique totale. Puis, noyant tout le reste, un rugissement familier.

C'était la créature!

Poppy se boucha les oreilles, mais ce qui suivit était trop puissant : un crissement brusque, précédant un horrible silence. L'enregistrement s'arrêta net, les touches de la machine se relevèrent, le compartiment cassette s'ouvrit et rejeta cette dernière sur la couverture.

CHAPITRE 15

AZUMI EN EUT DES SUEURS FROIDES. Aussi froides que la pluie qui gouttait à travers le toit de la grange.

Le regard posé sur la cassette, elle se demanda quelle preuve de son passage dans la maison elle laisserait derrière elle.

Elle ferma les yeux et vit aussitôt, dans sa tête, Marcus projeté contre un tronc d'arbre et la créature qui les regardait s'enfuir. La culpabilité coulait dans ses veines en un courant glacé, au rythme des images qui tournaient en boucle dans son cerveau, comme un bogue, avant de se fondre en une vision de sa sœur gisant immobile dans la forêt japonaise.

Azumi appuya très fort contre ses yeux. Les étincelles violettes et vertes qui apparurent sur la toile noire de ses paupières l'empêchaient de penser à ce qu'avaient dû subir les cinq jeunes de Greencliffe après leur rencontre avec la sombre créature qui hantait ce bois.

Le losange continuait d'aller et venir lentement sur la planche de Ouija, s'arrêtant chaque fois sur les mêmes lettres. É... C... O... U... T... E... Z... É... C... O... U... T... E... Z... É... C... O... U... T... E... Z...

— On est censés entendre quoi? demanda Poppy.

— La pluie, souffla Azumi. Elle a cessé.

Dash braqua le coupe-boulons vers la planche et déclara :

— Ils nous disent de partir.

— Je ne crois pas que... commença Poppy.

— Je me fiche de ce que tu crois, la coupa Dash en se levant. Azumi a raison. Il ne pleut plus. On doit partir.

— Ne me parle pas sur ce ton, Dash. Je cherche juste à comprendre...

— Arrêtez! s'exclama Azumi.

Elle secoua la tête, les bras croisés sur sa poitrine.

— Arrêtez de vous disputer!

Dash et Poppy la dévisagèrent, les joues en feu.

— Tout ce que je veux, c'est rentrer chez moi, poursuivit-elle. Nous devons trouver la sortie.

— C'est ce que nous voulons tous, dit Dash, soudainement intéressé. Nous finirons par y arriver.

— On n'a pas tous une maison à retrouver, murmura Poppy. Il y en a qui pensaient que ce serait chez eux, ici.

— Si tu tiens tant que ça à rester, riposta Dash, tes ancêtres se feront sûrement un plaisir de te garder. Et tu pourras tenir compagnie à Dylan.

Poppy le fusilla du regard. Puis elle ramassa la cassette et le magnétophone, et se dirigea vers l'escalier, furieuse.

— Je me trompe? demanda Dash à Azumi en lui prenant la main pour l'aider à se relever. On a décidé que Dylan était perdu, qu'il fallait l'abandonner. Lui, il est obligé de rester à Larkspur. Nous, non, merci bien.

Mais toi, Poppy, tu n'arrêtes pas de nous mettre des bâtons dans les roues. D'abord avec la tente aux jeux, puis avec le Palais des glaces. Et maintenant nous voilà dans une grange à parler à des fantômes au lieu de chercher la grande allée.

Au pied des marches, Poppy croisa les bras et leva les yeux vers ses compagnons.

— Ce n'est pas juste, prononça-t-elle d'une voix étrangement calme.

Un calme presque effrayant. Comme si quelque chose la contrôlait, pensa Azumi.

— Il n'y a pas que moi qui décide, poursuivit Poppy. C'est toi, Dash, qui as pris la décision de laisser ton frère derrière. Pas moi. Moi je ne t'ai rien dit.

Azumi descendait prudemment l'escalier, Dash sur ses talons. Elle se sentait comme coincée entre ses parents pendant une dispute. Elle aurait toutefois préféré que ses parents soient là. Comme ça, elle n'aurait plus à jouer la médiatrice entre ses deux compagnons. Leurs querelles commençaient à l'épuiser.

— Venez, trancha Dash en frôlant Poppy pour rejoindre le grand portail donnant sur le pré.

Un éclair transforma l'ouverture du portail en un rectangle aveuglant qui brûla les yeux d'Azumi.

Trois silhouettes se tenaient au loin, à une dizaine de mètres sur la pente herbeuse. Elles les observaient. Trois masques, l'ours, le chat et le clown, qui disparurent très vite.

— Un problème? s'inquiéta Poppy.

— Ils sont là, dehors, répondit Azumi. Dylan et les Spéciaux, je les ai vus.

— Moi je ne vois rien, répliqua Dash en brandissant le « bec » du coupe-boulons. Et toi, Poppy?

Celle-ci fit non de la tête, puis adressa un petit regard à Azumi, comme si sa vision devait l'inquiéter.

Génial, pensa Azumi. *Les voilà d'accord, maintenant.*

CHAPITRE 16

Ne t'éloigne pas des arbres, se répétait mentalement Azumi. *Ne te montre pas. Ils peuvent te voir. Ils voient tout ce qui se passe ici.*

Tous les quatre ou cinq pas, quand Poppy et Dash ne la regardaient pas, elle jetait un coup d'œil par-dessus son épaule. Elle sentait la présence proche de Matilda, d'Irving et de Dylan, sans pour autant les distinguer. Et elle ne voulait pas que Poppy et Dash s'imaginent encore qu'elle avait des hallucinations.

Ils atteindraient bientôt l'allée principale du domaine. À moins que le sentier qu'ils suivaient ne s'étire comme les couloirs du manoir… Peut-être que Larkspur ne les laissera jamais l'atteindre.

La voix de sa sœur résonnait dans sa tête. *Éloigne-toi du sentier…*

— Il n'y a pas de sentier, chuchota-t-elle.

— Tu as parlé? lui lança Dash.

Azumi fit non de la tête, les yeux rivés sur le sol.

— Qu'est-ce que c'est que ça? demanda Poppy, soudain figée, un doigt pointé devant elle.

Une lumière brillait à quelque distance, dans le bois.

— Une lampe de poche? suggéra Dash. Un promeneur?

— Chut, fit Poppy. Il ne faudrait pas qu'il nous entende.

— Ce n'est pas une lampe, dit Azumi. La lumière tremblote. Comme une flamme. Regardez. Les ombres des arbres bougent.

— Allez, on déguerpit, répliqua Dash en s'enfonçant dans le pré.

Les bruits de l'orage résonnaient encore et Azumi guettait les pas qui devaient approcher par-derrière. Le vent agitait les branches. L'eau dégouttait des feuilles et éclaboussait la terre. Mais en dessous de cette partition, elle perçut un autre son.

De la musique. Elle provenait du même endroit que la lumière.

— Est-ce bien ce que je pense? dit Dash. C'est Marcus, n'est-ce pas?

— C'est la mélodie de son oncle, fit remarquer Poppy en se tournant vers ses camarades comme pour leur demander la permission. On va voir?

L'instant d'après, Dash et Poppy se dirigeaient vers la lumière.

Azumi suivait tant bien que mal.

Progressant entre les arbres, ils découvrirent bientôt que la lueur émanait d'une très vieille lampe accrochée au mur d'un grand cabanon. Une flamme orange dansait dans sa sphère vitrée. Une porte ouverte se dessinait à côté et la musique résonnait à l'intérieur du cabanon sombre.

Dash rangea son téléphone et saisit la lanterne afin d'éclairer la pièce. Les murs étaient constitués de plaques de tôle ondulée et rouillée. Un gros objet était entreposé près du fond, recouvert d'une grosse toile.

Avant même de s'en rendre compte, les trois amis franchirent le seuil.

Poppy s'approcha lentement du mystérieux objet. La musique résonnait de plus en plus fort. Dash la suivait en tenant la lanterne bien haut. Poppy était soulagée qu'il n'ait pas encore tenté de la retenir.

Lorsqu'elle arriva devant l'objet, la musique faisait vibrer la toile. Poppy prit la toile par un côté et la souleva légèrement. Elle vit ce qui ressemblait à un pneu crevé.

Le fameux objet était une voiture. La musique provenait de son habitacle.

— Azumi, tu m'aides?

Ensemble, les filles retirèrent la toile et firent apparaître une carrosserie noire toute rouillée. Un nuage de cendre froide et ancienne tourbillonna autour d'elles. Ce véhicule était un très vieux modèle, peut-être centenaire. Mais la calandre était toute écrasée et les vitres inexistantes. L'intérieur avait entièrement brûlé. Des ressorts tordus jaillissaient des sièges noircis.

— Il y a un truc sur la banquette arrière, fit remarquer Dash en passant la lampe par la lunette arrière défoncée.

Poppy tressaillit. Comment avait-elle pu ne pas reconnaître la forme sous la toile blanche?

— Ohé? hésita-t-elle d'une voix qu'elle aurait voulue plus forte.

Quelque chose cherchait à la joindre. Quelque chose réclamait de l'aide.

Un goût métallique lui chatouilla l'arrière de la langue.

Poppy actionna la poignée et ouvrit la portière.

— Que fais-tu? demanda Azumi, l'air paniqué.

— C'est bon, enchaîna Dash en écartant la lanterne. Moi je dis, arrêtons.

— Une petite seconde, insista Poppy.

Ne pouvaient-ils pas comprendre qu'elle possédait une connexion plus profonde qu'eux avec cet endroit?

— Pourquoi vous ne me faites pas confiance? leur demanda-t-elle.

— Parce que tu n'arrêtes pas de faire des trucs comme ça! s'emporta Dash.

— Moi, je te fais confiance, Poppy, dit Azumi d'une voix plus douce, comme si elle s'adressait à Dash. Par contre, la maison et la propriété en général, je m'en méfie à mort.

Poppy se pencha dans l'habitacle et les larmes lui vinrent aux yeux. Une puanteur atroce agressait ses narines.

La musique continuait de jouer. De près, Poppy identifia l'instrument qui la produisait : une boîte à musique installée sous la toile blanche.

— *Écoutez,* dit Poppy en se tournant vers Azumi et Dash, blottis l'un contre l'autre derrière le véhicule. C'est bien ce que disait l'enregistrement. Voilà ce qu'on était censés entendre.

Dash se pinça les lèvres. Une main crispée sur le coupe-boulons, il posa la lanterne par terre.

Azumi s'émerveilla devant la voiture. La musique semblait s'amplifier.

Sans attendre de réponse, Poppy finit de retirer la toile.

CHAPITRE 17

DASH CLIGNA DES YEUX. Le cabanon avait disparu. Il se retrouva à côté d'une table ronde dans un salon de Larkspur. Les rideaux étaient tirés, la pièce baignait dans la lumière orange de candélabres. Malgré la pénombre, il vit Poppy et Azumi de part et d'autre de la table. À eux trois, ils formaient un triangle. Les filles paraissaient aussi surprises que lui, leurs bouches figées en des « O » d'horreur.

Ils avaient atterri à Larkspur, encore une fois!

— Qu'est-ce qui se passe? lança Dash à ses amies.

Celles-ci étaient trop choquées pour répondre. Et c'est à ce moment-là qu'il s'aperçut qu'ils n'étaient pas seuls. Au bout de la table se tenait une dame en noir, un chapeau à fleurs sur la tête, le visage dissimulé derrière un long voile fin. Cinq enfants avaient pris place autour de la table, les mains jointes et les yeux bandés.

— Qu'est-ce qui se passe? répéta un des garçons.

— Entends-tu les esprits, Gustav? dit la femme voilée.

L'enfant acquiesça. La dame adressa un bref regard à sa voisine, une femme, elle aussi.

— Nous avons de la visite, madame Caldwell, annonça-t-elle.

Mme Caldwell porta la main au col de sa robe sous l'effet de la surprise. Son visage devint livide. La femme voilée tendit les bras vers le centre de la table, où Dash découvrit un petit coffret en bois décoré. Elle en souleva le couvercle et un air familier s'en échappa : la mélodie de Marcus.

— Un présent de ma grand-mère, expliqua la femme. Une musique qui protège contre les énergies négatives qui voudraient déconcentrer les enfants. Elle empêche de dire des mensonges.

C'est une vision, songea Dash. *Comme celle que Poppy et Marcus ont eue dans la salle de classe.*

— Peuvent-ils nous voir? chuchota Azumi.

Ses camarades n'eurent pas le temps de répondre.

— *Peuvent-ils nous voir?* demanda une des fillettes aux yeux bandés.

La dame voilée tourna la tête dans sa direction.

— Nous ne pouvons pas vous voir. Non.

— Qui êtes-vous? demanda Poppy.

— *Qui êtes-vous?* répéta une autre fille.

La femme voilée se laissa aller contre le dossier de sa chaise.

— Je m'appelle Dagmar Spencer. Ces enfants sont mes pupilles : Fergus, Gustav, Kristof, Dawn et Tatum.

Ils sont spéciaux. Ils savent traduire les communications de l'au-delà. Nous sommes venus porter secours à Mme Caldwell, au manoir Larkspur.

La médium et les enfants qui avaient péri dans l'accident de voiture à l'entrée de Larkspur House. Sous la toile blanche dans le cabanon, c'était l'épave de la voiture de Dagmar.

Dash s'efforça de calmer sa respiration lorsqu'il saisit ce qui allait arriver à ces gens d'ici quelques heures.

— Dites-moi, reprit la dame voilée. Êtes-vous les esprits qui tourmentent la famille de Mme Caldwell ces dernières années?

— Des esprits? s'étonna Azumi. Nous?

Un des enfants allait répéter ses paroles, mais Dash l'en empêcha.

— Nous ne tourmentons personne, déclara-t-il.

— *Nous ne tourmentons personne*, répéta un autre enfant aux yeux bandés.

— Ah non? intervint Mme Caldwell d'une voix chevrotante. Alors vous voudrez bien m'expliquer ce qui provoque les bruits que nous entendons toutes les nuits? Pourquoi les toiles peintes par mon époux se baladent d'un mur à l'autre?

Elle fit une pause, comme si elle tentait de contenir ses larmes.

— Pourquoi mes enfants se réveillent-ils en hurlant?

— Nous n'y sommes pour rien, affirma Poppy.

— *Nous n'y sommes pour rien.*

— Ils ne peuvent pas mentir, dit Dagmar en haussant les sourcils.

Mme Caldwell retint son souffle, puis porta une main à sa bouche.

— Dans ce cas… *Qui* tourmente ma famille?

— Ce n'est pas vraiment une personne, hésita Azumi.

Un enfant répéta ses paroles et Poppy lança un regard mauvais à son amie.

Les deux dames échangèrent un regard nerveux. La boîte à musique ralentit, alors Dagmar tourna la manivelle.

Pourquoi les jeunes du grenier nous ont-ils envoyés ici? se demanda Dash. *Pour qu'on en apprenne davantage sur le pacte signé par Frederick Caldwell? Ou sur le moyen de le rompre?*

Dans une pièce voisine, un bébé se mit à pleurer. Poppy tourna la tête dans cette direction. C'est alors que Dash aperçut une autre fille à la porte du salon en train d'observer la séance.

— Consolida! s'écria Mme Caldwell. Qui t'a permis de quitter ta chambre? Où est Mlle Ada?

La fille s'éclipsa. Mme Caldwell angoissait visiblement. Des pas feutrés résonnèrent au loin.

— Connie! appela Poppy en s'élançant à sa poursuite.

— *Connie!* répéta une enfant.

Dash saisit Poppy lorsqu'elle passa près de lui pour atteindre la porte.

— Poppy, attends! s'exclama-t-il avant de plaquer aussitôt sa main sur sa bouche.

Il savait ce qui allait suivre.

— *Poppy, attends!*

— Poppy? demanda Dagmar. Est-ce bien ton prénom?

Mais Poppy avait déjà filé sur les traces de sa cousine dans les tréfonds de cette étrange vision.

Et la musique de la boîte tressauta.

CHAPITRE 18

POPPY COURAIT EN SUIVANT les bruits de pas qui résonnaient dans les couloirs étroits. Elle reconnut certaines parties de la maison, certaines configurations des passages, la position d'un vitrail par lequel se déversait la lumière du jour. Les pas cessèrent soudain.

— Connie! appela encore Poppy. Arrête!

Au détour d'un virage, Poppy glapit. Sa cousine attendait quelques pas devant elle, les bras croisés, tenant une poupée en chiffon contre sa poitrine. Son visage semblait composer un masque de bravoure, mais Poppy décela la peur dans ses yeux pétillants. Un miroir en pied, cintré dans un cadre doré, était accroché au mur, à côté des deux filles, leurs reflets à portée de main. Quelle sensation étrange de se retrouver du même côté de la glace.

Avant que Poppy ait pu dire un mot, Connie lui demanda :

— Fais-tu partie des invités de Mère? Vous étiez censés rester ensemble.

— Et toi, tu étais censée rester dans ta chambre, répliqua Poppy avec un sourire en coin.

Puis elle comprit. Connie s'adressait réellement à elle. Une vague d'émotion l'envahit et manqua la renverser. Cette fille était de sa famille. Sa vraie famille! Poppy aurait voulu se jeter à son cou, la serrer fort contre sa poitrine. Mais elle ignorait quelles conséquences ce contact risquait d'avoir. Mettrait-il un terme à la vision? Connie allait-elle encore disparaître, cette fois pour de bon?

— Tu peux me voir?

— Bien sûr que je te vois, dit Connie. Pourquoi je ne pourrais pas te voir?

Poppy nota que sa cousine avait les doigts qui tremblaient. Elle savait donc pertinemment pourquoi elle lui avait posé cette question. Connie savait qu'elle ne faisait pas partie des invités de sa mère. Elle jeta un coup d'œil furtif à Poppy et fit glisser sa poupée dans la grande poche de son tablier.

— Pourquoi me courais-tu après?

— Pour te parler, c'est tout.

À l'étage, le bébé pleurait toujours.

— C'est Cyrus?

— Mon petit frère, confirma Connie.

Elle marqua une pause.

— Mais toi, qui es-tu? demanda Connie en grimaçant.

Les mots sortaient lentement, comme si elle ne voulait pas connaître la réponse.

Poppy ajusta la sangle de sa sacoche et lissa son tee-shirt violet.

— Je m'appelle Poppy Caldwell. Je suis ta… ta cousine.

— Sûrement pas, rétorqua sèchement Connie. Je n'ai que deux cousins, ils vivent dans le Colorado et ils s'appellent Atticus et Julius.

Poppy ouvrit des yeux tout ronds. Atticus et Julius. Un de ces garçons avait sûrement été son arrière-grand-père. Le lien qui l'unissait à cette horrible maison.

— Je suis une… *nouvelle* cousine. On ne s'était pas encore rencontrées. Mais fais-moi confiance. Un jour, on sera les meilleures amies du monde.

Le visage de Connie se décomposa.

— Mais mon père… il ne m'autorise pas à avoir des amies. Il n'aime pas que nous quittions la maison. Il prétend que le monde est dangereux.

— C'est horrible, tressaillit Poppy.

L'article au sujet de l'incendie lui revint en mémoire. D'après le journaliste, l'accident de voiture avait eu lieu un mois avant ce drame, soit… *aujourd'hui*. Poppy en eut le frisson. Devait-elle prévenir sa cousine?

— Tu ne dois pas écouter tout ce qu'il dit, bredouilla-t-elle.

— Mais c'est mon père. J'ai l'obligation de l'écouter. Comme tout un chacun, ici. Il peut être très…

Connie acheva sa phrase par un soupir étranglé.

— Il peut être très quoi? la relança Poppy.

Sa cousine baissa la voix :

— Il passe la semaine en ville, il se réunit avec son club secret. Mère n'aurait jamais osé inviter Mme Spencer et les cinq enfants en la présence de Père. Nous sommes censés garder le secret.

Poppy la prit par les mains. Connie voulut se dégager, mais Poppy la tint fermement.

— Écoute-moi, dit Poppy sans trop savoir quels mots allaient sortir de sa bouche. Tu n'es pas en sécurité dans cette maison. Ni toi ni personne. Ni ta mère. Ni ton frère. Et ça, uniquement à cause de Frederick. Ton père n'est pas un homme bien.

Connie perdit toute force dans les bras.

— Qu'est-ce que tu me racontes?

— Ta mère a fait venir Mme Spencer pour une bonne raison. Elle prétend qu'il se passe des choses effrayantes à Larkspur.

Connie acquiesça, ses lèvres tremblaient.

— Tu dois la convaincre de vous emmener loin d'ici. Un petit séjour en ville, par exemple? N'importe où plutôt qu'ici.

— Mais pourquoi, à la fin? Qu'a bien pu faire Père?

Poppy passa en revue les pensées qui tourbillonnaient dans sa tête. Les esprits de Larkspur ne l'avaient pas propulsée dans cette vision pour rien. Que cherchaient-ils? Pouvait-elle changer le cours des événements? Ou bien découvrir…

Mais bien sûr!

— Il a signé un contrat, déclara Poppy. Un genre de pacte.

— Un contrat? Pour un nouveau tableau?

Pas vraiment, songea Poppy.

— C'est sans importance. Saurais-tu où il a pu ranger ce… ce contrat?

Connie inclina la tête de côté.

— Dans son atelier? Il y passe le plus clair de son temps avec ses peintures. C'est la seule pièce de la maison interdite au personnel.

Une secousse ébranla la maison. Les planchers frémirent, des craquements descendirent du plafond.

La chose avec laquelle Frederick Caldwell avait signé un contrat venait enfin de flairer la présence de Poppy et de ses amis en train d'essayer de réécrire l'histoire.

Tout à coup, le grand miroir se décrocha du mur. Il allait s'effondrer sur les filles. Poppy tendit les mains vers son reflet. La glace se brisa sur ses paumes qu'elle trancha net. La douleur était cuisante. Les cousines se retrouvèrent au milieu du cadre fracassé par terre.

Connie prit Poppy par la main et l'entraîna dans le couloir. La paume de Poppy la brûlait comme jamais.

— Par ici, l'appela Connie.

Poppy n'eut pas fait trois pas que quelqu'un la heurta de plein fouet. Elle tomba à la renverse, lâcha la main de sa cousine et se cogna violemment la tête contre le plancher de bois.

CHAPITRE 19

AZUMI HURLA quand elle vit Dash et Poppy se percuter, puis s'effondrer ensemble.

Une fille se tenait au-dessus d'eux, son teint pâle lui faisait des yeux effrayés démesurés. C'était la cousine de Poppy, la fille de Frederick. Elle avait les mains toutes rouges et le tablier déchiré. Qu'était-il arrivé?

Poppy grogna quand Azumi la prit par le bras. Azumi s'aperçut alors que Poppy avait le visage et le tee-shirt constellés de rouge elle aussi.

— Vite! pressa Connie en jetant un coup d'œil par-dessus son épaule, comme si elle craignait qu'une créature jaillisse du couloir.

Dash se releva tant bien que mal; il tenait toujours le coupe-boulons récupéré dans le grenier de la grange.

— Tu as failli m'empaler avec ce truc! le houspilla Poppy.

— On essayait de te retrouver! répondit Dash. Tu nous avais laissés seuls dans le salon avec ces gamins bizarroïdes.

Ce n'est qu'à ce moment-là qu'il parut s'apercevoir de la présence de Connie, visiblement en panique et tout essoufflée. Il leva un sourcil pour marquer qu'il la reconnaissait. Étrange, comme plus rien ne semblait pouvoir le surprendre, maintenant.

Connie leur fit signe de s'enfoncer encore dans le couloir.

— La maison a tremblé, dit Azumi en suivant la cousine de Poppy. Après ça, la boîte à musique a valsé. Le couvercle s'est refermé, la mélodie s'est tue et ensuite…

— Les bougies se sont éteintes, la coupa Dash. Tout le monde s'est mis à crier, à renverser les chaises et à se bousculer pour tenter de fuir.

— La maison a trouvé le moyen d'arrêter la musique, dit Poppy. Cette mélodie était peut-être notre seule protection.

— Comment ça, la maison? demanda Connie en secouant la tête. Je ne saisis pas.

— Nous devons absolument sortir d'ici, pressa Azumi.

— Pour aller où? répliqua Dash. Nous sommes dans les entrailles du monstre.

— Mais quel monstre? s'inquiéta Connie, les joues baignées de larmes.

Elle se tourna vers Poppy.

— Je ne sais pas quoi faire. Aide-moi!

— Tu viens avec nous, répondit Poppy, la mine grave. Quel est le moyen le plus rapide pour sortir de cette maison?

Connie inspira à fond, puis désigna d'un mouvement du menton la porte la plus proche.

— Par là.

Les quatre adolescents se précipitèrent dans la direction indiquée, tandis que le sol et les murs tremblaient. Les tableaux de Frederick Caldwell se décrochèrent comme pour prendre en chasse les fuyards.

Plus ceux-ci accéléraient, plus le tumulte grossissait derrière eux. Azumi n'osait même pas se retourner. C'était comme si quelque chose détruisait la maison, la démembrait pour la dévorer.

Connie fit franchir un tournant à ses compagnons. Malheureusement, ils débouchèrent non pas sur une issue, mais sur un mur. Une impasse. Ils pivotèrent sur eux-mêmes, se blottirent les uns contre les autres, comme pour se préparer à affronter ce qui les poursuivait.

Le tremblement du couloir s'amplifia à tel point que la vision d'Azumi se mit à vibrer. C'était pire que n'importe quel séisme qu'elle avait pu connaître sur la côte ouest des États-Unis ou au Japon. Tout devint flou.

Puis une chose encore plus étonnante se produisit. Le plafond se souleva. Les lattes du plancher s'écartèrent et se brisèrent. Les murs se fendirent et s'envolèrent en ombres tourbillonnantes. Connie hurlait, on aurait dit qu'elle voulait s'arracher à un cauchemar. Poppy la serrait fort.

Azumi éprouva de la jalousie en se souvenant de la relation qu'elle avait avec sa sœur.

Les ténèbres fondirent sur les quatre adolescents, les enveloppèrent, les traversèrent, bousculèrent leurs cellules, les désintégrèrent de l'intérieur.

CHAPITRE 20

DASH ET DYLAN se cachent dans un coin du studio de tournage hollywoodien, à l'abri de l'éclat brûlant des projecteurs. Les autres acteurs et les techniciens s'affairent sans leur prêter attention. Les deux frères jouent à se lancer des bonbons aux fruits dans la bouche l'un de l'autre, sauf qu'ils rient si fort qu'ils ratent leur cible presque à chaque coup.

— Ils nous regardent tous comme si on avait deux têtes, déclare Dylan en croquant un bonbon.

— Tu t'inventes des histoires, râle Dash. Arrête de faire le bizarre.

Dylan ne sourit plus. Il se penche vers Dash.

— Tu ne penses pas vraiment que je suis bizarre, petit frère?

Dash se sent le feu aux joues. Il ne supporte pas que Dylan l'appelle comme ça. Mais celui-ci s'en moque.

— Plus bizarre que moi, ça, c'est clair, renchérit Dash.

— Tu n'oserais jamais partir en m'abandonnant, quand même? réplique Dylan, le regard sombre.

Dash secoue la tête, un peu perdu.

— Mais de quoi tu parles?

Dans ses mains, il sent soudain un poids. Il baisse les yeux et découvre un objet métallique équipé de deux lames affûtées. Redressant la tête, il trouve son frère à quelques centimètres de lui, les yeux menaçants ou plutôt implorants, puis soudainement embués.

— OK, OK, ne t'en fais pas. Jamais je ne t'abandonnerai! Ni ici ni ailleurs.

Dylan sourit; Dash a des sueurs froides dans le bas du dos.

— Promets-le, insiste Dylan.

Le plateau s'est modifié autour d'eux. Il ne représente plus le salon d'un pavillon de banlieue, mais un cabanon poussiéreux.

Comment avons-nous atterri ici? se demande Dash.

Les projecteurs s'éteignent et le plateau est plongé dans le noir.

Jamais partir…

— Promets-le! hurle Dylan.

Mais il n'est plus lui-même. Il ressemble à un clown, avec un masque en plastique en guise de visage, une balafre rouge au front et deux gouffres noirs pour les yeux.

Avant même que Dash puisse répondre, Dylan le prend à la gorge et il serre et serre encore. Dash a les larmes aux yeux.

Il ne peut plus respirer ni bouger les mains. Quelque chose tente de le plaquer au sol.

— *Promets-le!* siffle encore le clown.

Mais Dash est incapable de…

— Dash! lui crie à l'oreille une voix. Le coupe-boulons!

Dash lève les bras avec force et sent l'outil heurter profondément la poitrine de Dylan, qui titube en arrière et grogne.

L'air s'engouffre dans ses poumons, puis il s'écroule contre la portière de l'épave calcinée. Poppy et Azumi se matérialisent à son côté. Et la réalité réapparaît avec fracas autour de lui.

Moins de deux secondes s'écoulèrent entre le moment où Azumi fut arrachée à la vision, et celui où elle vit surgir les Spéciaux. Elle était penchée sur Dash lorsque Matilda, Irving et Dylan les rejoignirent.

Poppy fit une roulade pour éviter Matilda. Azumi se réfugia de l'autre côté de la voiture alors qu'Irving la menaçait. Malheureusement, Dylan parvint à se jeter sur Dash. Les deux garçons se battaient dans la crasse et la boue.

— Dylan, laisse-le tranquille! cria Azumi.

Irving venait d'apparaître devant elle. Azumi esquiva l'attaque et perdit de vue les jumeaux.

— Poppy, aide-le!

Poppy poussa un cri de frustration. Matilda était accroupie, prête à lui bondir dessus. Au tout dernier instant, Poppy tendit la jambe et la semelle de son soulier de course s'enfonça dans la poitrine de la Spéciale. Elle n'eut plus qu'à pousser fort pour renverser son adversaire. Sans plus réfléchir, elle pivota sur elle-même et rampa jusqu'au coupe-boulons que Dash avait laissé tomber. Les deux frères s'affrontaient toujours; Dash grognait sous le poids de son jumeau. Poppy abattit l'outil très lourd sur Dylan. Entendre la lame s'enfoncer dans l'épaule de Dylan était presque douloureux. Celui-ci se mit aussitôt face à elle et gronda.

Poppy sentit un poids s'écraser sur son dos. Matilda la tirait par les cheveux. Le masque de chat était à quelques centimètres de son visage. Elle sentait le souffle de la Spéciale sur son front, à travers la fente du plastique. Elle battit des bras pour essayer de saisir le coupe-boulons, mais il était hors d'atteinte.

Matilda lui tira la tête en arrière si fort que Poppy sentit sa nuque craquer. La douleur irradia jusque dans sa colonne vertébrale. La panique fusa dans ses veines. Pour la première fois, elle craignit que Matilda ne cherchât pas seulement à l'effrayer… ni même à lui faire du mal. Cette fille essayait bel et bien de la tuer, de lui arracher la tête comme on cueille un fruit mûr…

— Au secours! hurla Poppy.

Dash l'entendit, mais ne pouvait voler à son secours avec Dylan qui se cramponnait à lui. Le coup de coupe-boulons avait désarçonné Dylan et permis à Dash de se retourner pour ramper vers la voiture. Malgré ses pneus crevés et son châssis pourri, il y avait encore un peu d'espace en dessous.

Un nouvel éclair permit à Dash d'apercevoir le coupe-boulons à une trentaine de centimètres de lui. Il parvint à le saisir, puis il avança. Dylan perdit sa prise sur Dash quand celui-ci s'efforça de rentrer sous la voiture. Écrasé contre le sol crasseux et nauséabond, Dash se sentait malgré tout davantage à l'abri. Mieux valait en profiter pour reprendre son souffle, autrement il ne pourrait pas continuer longtemps.

Il se dirigea ensuite vers Poppy et Matilda. La première hurlait tandis que la seconde lui tirait à nouveau la tête en arrière.

Dylan tentait d'attraper son frère en battant des bras à l'aveuglette, mais Dash échappait à chacune de ses tentatives.

— Azumi! Fais quelque chose! cria Dash.

Il entendit des pas sur sa gauche. Des pas qui se dirigeaient vers l'avant de la voiture, où Matilda torturait Poppy.

Deux autres pieds suivaient, reliés par une chaîne rouillée. Irving!

Mobilisant ses dernières forces, Dash parvint à abattre le coupe-boulons sur la chaîne; le Spécial s'écroula violemment par terre.

Le masque d'ours se tourna vers Dash avec un grondement profond et grave. Dash se figea. Il entendait son jumeau s'approcher derrière lui. Si jamais Irving l'attaquait par devant, il serait coincé. La chaîne du Spécial cliqueta; Irving tentait de se dépêtrer du coupe-boulons.

Azumi assistait pétrifiée au supplice de Poppy.

C'est alors que Dash eut soudain une idée. Il rampa et attrapa les poignées du coupe-boulons. Le masque d'ours d'Irving sembla esquisser un sourire juste avant d'ouvrir grand sa bouche de plastique et de dégager une puanteur atroce.

Dash referma les lames de son outil sur la chaîne. Le maillon sauta en un clin d'œil.

La mâchoire de l'ours claqua, un souffle étranglé sortit du masque. Quelques instants plus tard, une fissure se dessina au centre de la tête de l'ours. Elle s'allongea très vite et le masque s'écroula.

Matilda et Dylan hurlèrent, comme sous l'effet d'une douleur intense.

Dash jeta un coup d'œil par-dessus son épaule et vit son frère s'extirper de sous l'épave. Matilda lâcha prise et s'éloigna de Poppy en rampant, focalisée seulement sur Irving. Poppy, elle, se massait le cou.

— Ça va? demanda Azumi.

— Empêche-la d'approcher de moi, répondit Poppy d'une voix éraillée.

Azumi courut l'aider à se rasseoir tout en gardant à l'œil Matilda et Dylan.

Dash, lui, scrutait le garçon qui avait passé des dizaines d'années enchaîné comme une bête de cirque. Ses yeux bruns étaient quasi invisibles, mais Dash y vit scintiller des larmes. Irving lui tendit la main et Dash accepta son aide pour sortir de sous l'épave.

— Est-ce que tu es… redevenu toi-même? lui demanda Dash, accroupi près du Spécial.

Irving se tapota la figure, puis sourit et acquiesça.

— Je ne t'ai pas retiré ton masque, reprit Dash. Comment…

Il n'eut pas le temps d'achever sa phrase que la silhouette d'Irving se mit à s'estomper, sa peau devint translucide.

— Tu m'as donné ce dont j'avais besoin, expliqua Irving d'une voix douce qui semblait provenir d'une pièce voisine. Tu m'as rendu ce que Cyrus m'avait enlevé… ma liberté… Merci…

Sur ce, il disparut lui aussi, comme Randolph, Esme et Aloysius. Il ne restait plus par terre que les deux parties de la chaîne qui avait entouré ses chevilles et qui l'avait si longtemps entravé. Plus jamais il n'aurait à porter de chaîne.

Mais soudain, Dash se crispa en entendant des pas traînants.

Matilda et Dylan se tenaient côte à côte, à quelques mètres d'Azumi et de Poppy. Les expressions de leurs masques étaient encore plus exagérées que précédemment, leurs sourcils étaient inclinés vers le bas et leurs sourires plus carnassiers que jamais.

— Par ici, murmura Dash à l'attention de ses amies. Vite.

Poppy se tenait toujours le cou. Azumi recula en l'entraînant par la taille. Mais à chacun de leurs mouvements, Matilda et Dylan s'avançaient d'un pas menaçant.

CHAPITRE 21

POPPY ET AZUMI regagnèrent l'avant de la voiture, où Dash avait réussi à se relever. Matilda et Dylan avançaient toujours.

Il y avait de l'électricité dans l'air. Dash sentait les poils se dresser sur ses bras et pour une fois, il n'avait pas la chair de poule.

— Baissez-vous! chuchota-t-il en plaquant ses amies au sol.

Au même instant, une lumière blanc rosâtre envahit le cabanon.

L'explosion fut tellement assourdissante qu'elle couvrit leurs cris.

Elle résonnait encore dans les oreilles de Dash quand celui-ci leva les yeux et découvrit un autre trou dans le plafond. Des éclats de bois pleuvaient de l'endroit où la foudre avait frappé. Un petit morceau lui tomba sur le front, mais c'est à peine s'il le remarqua. Une lumière bleue clignotait non loin des trois adolescents, et un crépitement envahit l'espace.

Poppy se releva, bouche bée. Azumi indiquait un point derrière Dash. Celui-ci pivota sur lui-même et découvrit un groupe d'enfants réunis autour de Matilda et de Dylan. Ils se tenaient par la main comme s'ils faisaient la ronde. Sauf qu'il ne s'agissait pas d'enfants ordinaires. Ils semblaient composés uniquement d'électricité. Leurs corps palpitaient de lumière, des guirlandes d'étincelles crépitaient entre eux.

— Qui… qui sont-ils? bégaya Azumi.

Au centre du cercle, Matilda et Dylan se séparèrent pour se précipiter vers les enfants spectraux. Ils voulaient briser cette barricade formée par les enfants, mais lorsqu'ils y parvinrent, une décharge électrique les projeta en arrière. Les enfants s'avancèrent et le cercle se rétrécit.

— J'ignore qui ils sont, dit Dash. Mais ils tombent à point.

Azumi demeurait pétrifiée. Elle savait bien que c'était Dylan qui venait de voler en arrière, pourtant, elle revoyait dans sa tête Marcus projeté contre l'arbre encore et encore. Elle avait fait confiance à la chose qui ressemblait à Moriko. *Sa faute!*

— Ce sont eux, dit Poppy, le souffle coupé. Regardez!

Dash repéra alors certains détails. Sur les dix enfants, la moitié avaient les yeux bandés et portaient des vêtements vieillots, comme ceux qui avaient participé à la séance de spiritisme durant la vision. Les autres, c'étaient les jeunes qu'ils avaient vus sur le polaroïd, dans le grenier. Tous venaient à leur secours.

Matilda et Dylan hurlaient comme des animaux pris au piège.

Tout à coup, les enfants électriques se tournèrent vers Dash, Azumi et Poppy. Ils avaient l'air à la fois terrifiés et pleins d'espoir. Puis leurs corps se mirent à s'estomper. Combien de temps allaient-ils pouvoir rester visibles?

Dash comprit soudain leur intention.

— Ils nous donnent une chance de partir, conclut-il. Sauve qui peut!

Il ramassa aussitôt sa lanterne et s'élança vers le portail sur les talons des deux filles. Il craignait de voir la porte se refermer devant eux, mais ils se retrouvèrent tous les trois dehors, sous la pluie torrentielle. Dash en profita pour faire une pause et se tourna vers le cabanon. Le cercle de lumière bleue s'était encore rétréci et des filaments électriques léchaient les deux Spéciaux en son centre. Matilda et Dylan poussaient des cris de colère et de douleur. Dash percevait presque le bourdonnement du courant sur sa peau, la chaleur brûlante. Comme la lampe qui avait électrocuté Dylan dans la loge.

Ta faute!

Il secoua la tête pour tenter de contenir ses larmes.

Son frère l'interpella depuis sa prison spectrale, d'une voix implorante, désespérée.

— Ne m'abandonne pas ici!

Promets-le, Dash... PROMETS-LE!

— Ce n'est pas ton frère qui parle, rappela Poppy à Dash en lui prenant la main. Viens. Nous n'avons plus beaucoup de temps.

Et elle l'entraîna avec elle.

CHAPITRE 22

LES TROIS AMIS traversaient le pré en courant. Chaque foulée, chaque bond dans les herbes hautes et trempées diffusait une douleur vive dans la nuque et la colonne vertébrale de Poppy. Celle-ci réalisa peu à peu que Matilda aurait pu la blesser gravement.

À sa gauche, Azumi marmonnait toute seule. Quant à Dash… Dash, lui, il pleurait. Il s'efforçait certes de se retenir, mais Poppy l'entendait malgré le vent qui fouettait leurs corps et les arbres qui grondaient et craquaient dans la forêt, sur leur droite.

Poppy se concentra sur le terrain à parcourir. Elle savait que la maison se trouvait toujours au sommet de la colline, à gauche. Ils conservaient leurs distances.

— Ça y est! glapit soudain Azumi lorsqu'ils sortirent des herbes hautes pour retrouver l'allée de gravier. Notre porte de sortie!

— Chut! Tu vas nous porter malchance, réplique Dash d'une voix rauque.

Poppy saisit ses amis par les mains et les serra dans ses bras.

— On a réussi! triompha-t-elle sans se soucier qu'on l'entende.

Elle voulait jeter son bonheur au visage du manoir... présumant que celui-ci *avait* un visage.

Larkspur était un lieu de douleur. De mort.

C'était l'origine de tout ce qui lui était arrivé de mal dans la vie; la raison pour laquelle sa mère l'avait abandonnée; la raison pour laquelle les filles de l'orphelinat la traitaient de folle à lier; la raison pour laquelle elle s'était toujours sentie isolée et seule.

Elle avait la figure en feu au souvenir de Connie qu'elle avait abandonnée dans la maison quand les ténèbres les avaient engloutis. Connie ne s'en était pas sortie, ni dans la vision ni durant l'incendie qui avait ravagé la chambre d'enfant un mois après la séance de spiritisme.

Elle savait qu'elle ne pouvait pas modifier le passé, et pourtant...

Si Poppy n'avait pas ouvert la portière de l'épave, elle n'aurait jamais rencontré sa cousine. Si elle n'avait pas prêté attention à la musique, si elle s'était montrée un peu moins courageuse, la maison ne l'aurait peut-être jamais localisée, ne lui aurait peut-être jamais envoyé d'invitation.

Me serais-je fait remarquer par Larkspur? se demanda Poppy.

La pluie finit par cesser et le vent par tomber. Plus les trois amis s'éloignaient de la maison, plus Poppy reprenait du poil de la bête. Lorsqu'ils pénétrèrent dans la forêt qui les séparait de Hardscrabble Road, Poppy céda à la résignation. Un jour, elle parviendrait peut-être à oublier ce qui s'était produit ici. Elle n'aurait plus le moindre souvenir de la maison, de la lettre de Delphinia, et qui sait? peut-être même de sa propre mère. Connie aurait peut-être aussi la bonté de ne plus apparaître dans les miroirs.

Le rêve… Pouvoir enfin passer à autre chose, bâtir sa vie en fonction de ce qui l'attendait, et non de ce qu'elle traînait de son passé.

— C'est étrange, chuchota Dash en se penchant sous une branche basse.

— Qu'est-ce qui est étrange? lui demanda Azumi.

Elle s'élança à sa suite dans l'allée qui s'enfonçait dans les ténèbres dégoulinantes du bois.

— Regardez. Larkspur nous laisse partir. Après tout ce qu'on a enduré. Tous les combats. On repart les mains dans les poches.

— Des fantômes amicaux nous protègent, raisonna Poppy.

Elle repensait à sa cousine, aux jeunes du grenier, aux enfants aux yeux bandés.

— On a encore des alliés, ajouta-t-elle.

— Des morts tu veux dire, nuança Azumi.

— C'est toujours mieux que rien, répliqua Poppy, elle-même surprise par sa colère soudaine. Ils ont fait de gros sacrifices pour nous permettre de partir.

— Sauf qu'on n'est *pas encore* partis.

Poppy leva les yeux, poussa un long soupir et poursuivit sa route.

CHAPITRE 23

AZUMI AVAIT BEAU MARCHER entre Poppy et Dash, loin des branches qui bordaient l'allée, elle était plus terrifiée que jamais. Elle aurait pourtant dû être soulagée de se retrouver dans le bois, à proximité du portail d'entrée. Ils sortiraient bientôt de cette propriété maudite. Bientôt, elle serait en sécurité, auprès de ses parents, chez elle.

Malheureusement, les voix dans sa tête s'intensifiaient. Qu'adviendrait-il si ces voix l'accompagnaient toujours, une fois le portail de Larkspur passé?

Éloigne-toi du sentier… Sors… Cours…

Courir? Pour aller où?

Et si, une fois rentrée sur la côte Ouest, Azumi faisait encore des crises de somnambulisme, hantée par la forêt où Moriko avait disparu? Pourrait-elle un jour raconter à ses parents ce qu'elle avait vécu à Larkspur? La croiraient-ils? Azumi elle-même croyait-elle encore ce qu'elle disait ou pensait? Était-elle brisée à tout jamais? Comme les Spéciaux? Que pouvait-elle faire pour se libérer, comme ses amis et elle avaient libéré les fantômes de Larkspur?

Et surtout, comment pouvait-elle *s'éloigner du sentier*, si le sentier ne cessait de réapparaître sous ses pieds?

Une dizaine de mètres devant la petite troupe, le mur de pierre se matérialisa. Victoire! C'est là que le chauffeur l'avait déposée, en tout début de matinée, il y avait une éternité. Quelques pas encore et ils seraient tous libres.

C'est alors qu'Azumi remarqua que Poppy et Dash ralentissaient le pas.

— Qu'y a-t-il? demanda-t-elle.

Dash brandit la lanterne, et Azumi finit par voir que l'allée aboutissait, non pas à un portail, mais à un mur. Le portail n'existait plus.

— On a dû se tromper, dit Azumi en scrutant les ombres de part et d'autre de l'allée.

— Tu sais bien que non, répliqua Dash en frissonnant. Il n'y avait qu'une seule entrée. Et une seule sortie. Elle se situait ici, au début de l'allée. Pas étonnant que la maison nous ait laissés marcher. On ne peut pas partir!

— Ne dis pas de bêtises, dit Poppy en se massant le cou. Tu n'as jamais escaladé un mur, peut-être?

Elle le regarda d'un air taquin.

— Mais… Dylan, bredouilla Dash.

Il jeta un bref regard par-dessus son épaule, au cas où son frère aurait miraculeusement réussi à le suivre jusqu'ici.

— Je ne peux pas l'abandonner ici, quand même?

Poppy envoya un SOS muet à Azumi.

— Bon, allez, Dash, dit cette dernière en se dirigeant vers le mur.

Elle se sentait minuscule, placée ainsi en tête du groupe.

— On doit tenter le coup, ajouta-t-elle. Qui commence?

À eux trois, ils décidèrent que Poppy et Azumi feraient la courte échelle à Dash, afin qu'il les aide ensuite à grimper. Un, deux, trois… le garçon se propulsa contre le mur, s'accrocha à de grosses plantes grimpantes près du sommet, puis, au prix d'un dernier effort, parvint à se hisser sur la structure. Azumi l'observait, les poings serrés. Dash bascula une jambe de l'autre côté, resta assis un instant sans rien dire, à scruter ce que ses amies ne pouvaient voir.

— Non! s'écria-t-il soudain. Non! Pitié, non!

CHAPITRE 24

LE VENT TOURNA. Dash se cramponna aux pierres du mur. Au-dessus de lui, les nuages se dispersaient, les étoiles illuminaient le paysage.

— Qu'est-ce qu'il y a? demanda Poppy tout en cherchant des prises pour escalader le mur.

— Que vois-tu? insista Azumi.

Dash se pencha vers elles. Comment pouvait-il expliquer ce qu'il venait de découvrir? De l'autre côté du mur, en contrebas, là où Hardscrabble Road aurait dû longer la limite de Larkspur il n'y avait que le prolongement de l'allée... dans le prolongement de la forêt.

De son perchoir, Dash voyait loin, par-dessus les arbres, et il aperçut la plus haute tour de Larkspur qui se dressait dans le ciel nocturne.

Impossible! La maison était *derrière* eux. Dash en était certain.

Et lorsqu'il se retourna dans la direction par où ils étaient arrivés, il vit le même décor. La même tour qui s'élevait au-dessus des mêmes arbres.

C'était comme s'il se tenait à cheval sur un gigantesque miroir double : Larkspur devant, Larkspur derrière. Il était pris entre les deux.

— Je… je ne saurais pas le dire, bredouilla-t-il.

Il croyait halluciner et préférait ne pas affoler ses amies.

Poppy prit la lanterne des mains d'Azumi et la tendit à Dash, le temps qu'elles le rejoignent. Après quelques efforts, les deux filles réussirent à s'asseoir à côté de Dash. Elles restèrent bouche bée.

— Ah, donc ce n'est pas mon imagination qui me joue des tours, dit Dash.

Ses camarades secouèrent la tête, sans voix.

La seule différence entre les deux maisons, c'est que celle de devant était éclairée, toutes les fenêtres brillaient comme pour les inviter, tandis que l'autre était sombre. Morte.

Un rire retentit entre les arbres derrière eux, comme une brève rafale. Dash le sentit presque lui parcourir le dos, tels des doigts cruels qui le gratteraient.

— Vous trouvez ça drôle? hurla-t-il dans le vide. Rira bien qui rira le dernier!

— Chut, Dash! souffla Azumi. Tu vas l'énerver.

— Je m'en fiche. Ça me rend dingue. Vous m'entendez? DINGUE!

Dash lâcha un cri de rage qui déchira la nuit et réveilla les oiseaux sur les branches voisines.

— Pas si fort, je t'en supplie! l'implora Poppy.

Dash se tourna vers elle avec une force telle qu'il faillit tomber du mur.

— Ne me dis pas ce que je dois faire!

Poppy écarquilla les yeux. Ses lèvres s'écartèrent comme pour répondre, mais une peur soudaine la fit taire.

— C'est ta faute! ajouta Dash. Tout ça! Azumi et moi, on t'a suivie toute la journée. On te faisait confiance. Tu as écouté ce que nous avions à dire, puis d'un coup… tu as arrêté. On a été piégés coup après coup : la tente des jeux, le Palais des glaces, le grenier, le spiritisme. On était d'accord pour rester soudés. Mais apparemment, tu ne te sens pas concernée.

— Je pensais bien faire, murmura Poppy.

— Tu pensais surtout à toi, hein. Et aux Spéciaux. Ils t'obsédaient, tu voulais les sauver. Tu t'es démenée pour les libérer, mais pour Dylan tu n'as même pas levé le petit doigt. Pas vrai? Pourquoi tu t'en fiches, de lui?

— Je ne m'en fiche pas. Mais après tout ce qu'on l'a vu faire, je me suis rangée à ton avis, il valait mieux l'abandonner. Il t'a agressé, Dash!

— Tu ne me comprends pas, rétorqua-t-il, la mine grave. C'est fini. Je ne te suis plus.

— Euh, ce n'est pas une très bonne idée, gémit Azumi. On a besoin les uns des autres.

— Va le dire à Poppy.

Les yeux de Poppy scintillaient à la lumière des étoiles. Son visage était un masque de stupeur. Dash enfonça le clou :

— Plus question que je me fie aveuglément à ses instincts, surtout si ses instincts refusent de sauver ceux qui comptent le plus pour nous.

— Et *moi*, je suis censée faire quoi, alors? demanda Azumi.

Dash battit des paupières. Il se sentait complètement vidé.

— Te sauver par tes propres moyens, répondit-il.

Le mur trembla, ondula d'avant en arrière comme s'il avait ramolli. Dash voulut se cramponner, mais les pierres lui échappaient les unes après les autres. La lanterne lui glissa des mains et tomba par terre. Il bascula en avant, le sol se rapprochait à vitesse grand V. Ses cours de cascade avec Dylan lui revinrent instantanément en mémoire, il amortit sa chute en roulant sur lui-même. La tête lui tourna malgré tout quand il heurta l'allée. Ce choc violent lui coupa le souffle. Les filles atterrirent à ses côtés.

Boum! Crac!

Puis, le silence.

CHAPITRE 25

POPPY SE RASSIT lentement, surprise de s'en tirer sans trop de mal. Le téléphone de Dash avait valsé dans les buissons, à deux mètres d'elle. Sa lueur pâle illuminait ses environs immédiats. La lanterne, elle, gisait sur un côté, sa cage en verre fissurée. Dash la ramassa, ainsi que son téléphone.

L'endroit où les trois amis se trouvaient ressemblait beaucoup à celui où ils avaient gravi le mur. Sauf que cette fois, ils étaient de l'autre côté.

Poppy murmura comme pour elle-même :

— Une Poppy sur un mur, qui s'écrase sur le sol dur…

— Tu trouves ça drôle? s'enflamma Dash en lui jetant un regard noir.

— Ce n'était pas le but, répondit Poppy, le visage rougi.

Dash se releva; il tremblait.

— On fait demi-tour, décida-t-il.

— Hein? s'étouffa Azumi. Pourquoi?

— Il existe forcément une autre sortie.

— Tu es sûr que tu n'as pas peur pour ton frère, plutôt? dit Poppy.

— Si, évidemment! Mais j'ai aussi peur de rester coincé ici pour l'éternité!

— La créature nous suit, gémit Azumi. Vous ne l'avez pas entendue?

Comme pour lui répondre, un hurlement monta de l'autre côté du mur.

Les trois amis s'élancèrent sur l'allée menant à la nouvelle version de la maison, celle qui brillait de mille feux au sommet de l'autre colline. Dash les fit s'arrêter un moment, le temps de regarder en arrière.

— Moi je ne veux plus regarder cette chose, Dash, déclara Azumi.

— Il y a forcément une solution, pensa tout haut Poppy. Ici. De ce côté du mur. On pourrait… On pourrait essayer de terminer ce qu'on a commencé. Libérer la dernière Spéciale, Matilda.

— Il ne s'agit plus seulement des Spéciaux, maintenant, déclara Dash. Il s'agit… du peintre, Frederick Caldwell. On doit faire quelque chose au sujet du pacte. Si on détruit le contrat qu'il a signé avec la créature des ombres, alors elle n'aura plus aucun pouvoir sur nous… ou sur tout ce qui est retenu prisonnier ici. Voilà comment on va s'en sortir.

— Le pacte, répéta Poppy. Connie m'a expliqué que son père ne laissait personne entrer dans son atelier. Je parie qu'il le garde là-dedans!

— Mais ça va nous obliger à rentrer dans la maison, objecta Azumi. Je préfère tenter ma chance dehors.

— Dehors ça se présente mal, dit Poppy. Et c'est aussi dangereux qu'à l'intérieur. Dash a raison. Pour mettre un terme à tout ça, nous n'avons pas le choix. Nous devons rentrer dans le manoir et trouver l'atelier.

— Je ne crois pas, intervint Dash.

— Tu as une autre idée? s'étonna Poppy.

— On met le feu à la maison.

— Cette idée me plaît, répondit Azumi.

— On se fiche de savoir où est le studio, dit Dash. Le pacte de Frederick sera réduit en cendres avec le reste de Larkspur.

— La maison a déjà prouvé qu'elle savait résister au feu, dit Poppy.

— Moi, je vais le faire, renchérit Dash. Quelqu'un d'autre doit dire ce qu'il pense, pas vrai, Azumi?

Celle-ci croisa les bras et baissa les yeux. Elle se disait qu'il avait peut-être raison. Incendier la maison, c'était un peu comme s'éloigner du sentier, non? Mais d'un autre côté, c'était chacun pour soi, désormais. *Sauve-toi par tes propres moyens*, lui avait-il d'ailleurs conseillé. Poppy, Dash et elle n'étaient plus à présent que trois étrangers, embarqués dans la même galère jusqu'à ce qu'ils trouvent une issue. Ou que la maison les enferme pour de bon.

CHAPITRE 26

AU DÉTOUR D'UN VIRAGE de l'allée, les trois amis aperçurent des lumières au loin : Larkspur sur sa colline. Avec ses fenêtres tout éclairées, elle semblait guetter la prochaine bataille.

— Elle nous attend, dit Azumi en se tordant les mains.

— Bien sûr qu'elle nous attend. Par contre, elle ne s'attend sûrement pas à ça, répondit Dash en brandissant la lanterne.

— Sauf si c'est précisément ce qu'elle recherche, se moqua Poppy.

— Tu penses qu'elle veut qu'on l'incendie? demanda Azumi.

Poppy acquiesça en affichant un sourire triste.

— Je pense qu'elle veut qu'on *essaie*.

— Génial, dit Dash en avalant sa salive pour faire passer le goût graveleux qu'il avait sur la langue. Je ne demande pas mieux que de lui faire plaisir, dans ce cas.

Se plaçant face au manoir, il leva le menton fièrement pour montrer à la bâtisse qu'elle ne l'avait pas brisé. Comme en réponse, toutes les lumières s'éteignirent, laissant le trio à découvert dans les ténèbres du pré, avec la lanterne faisant office de balise. Dash poussa un long soupir avant de reprendre l'ascension de la colline. Larkspur formait à présent une gigantesque ombre parsemée de centaines d'yeux de verre reflétant la lumière des étoiles.

Les trois adolescents se dirigeaient vers un angle du manoir couvert de plantes grimpantes aux fleurs violettes.

— Nous y sommes, annonça Dash. C'est parti.

Aussitôt, il tourna le loquet de la cage en verre. Une petite trappe s'ouvrit.

— Vas-y, l'encouragea Poppy d'un ton plat.

On rigole moins, maintenant, songea-t-il en cassant une tige qu'il présenta devant la flamme et regarda prendre feu. Cependant, dès qu'il ressortit cette mini torche de la lanterne pour l'approcher des panneaux en bois de la maison, l'air nocturne l'éteignit. Elle mourut dans un sifflement ponctué par une volute de fumée.

Dash rougit. Il réessaya. Là encore, la flamme s'éteignit avant qu'il ait pu l'approcher de la façade.

Un problème, petit frère?

Dash tressauta et recula.

— Dylan? Il n'est pas là, Dash, murmura Azumi en posant une main sur son épaule.

Tu ne tiens pas vraiment à détruire Larkspur, quand même? Si tu t'en vas, moi je reste coincé ici.

— Tais-toi, glapit Dash en secouant la tête. Tu n'es pas réel.

Oh que si, répondit la voix de Dylan. *Aussi réel que toi.*

Dash sentait les regards inquiets qu'échangeaient les filles mais il ne s'en préoccupa nullement. Il dévissa le petit bouchon situé dans le socle de la lanterne et le laissa tomber dans l'herbe. Le parfum enivrant du kérosène s'échappa du réservoir et lui piqua les yeux. Dash envoya des giclées sur les plantes grimpantes.

— Croisons les doigts, dit-il en allumant une troisième tige et en l'appliquant contre la façade.

Cette fois, le feu se répandit rapidement sur la partie mouillée de liquide inflammable.

Poppy retint son souffle devant cette brusque bouffée de chaleur et de lumière. Azumi se recula, les yeux écarquillés de surprise.

Dash, lui, faillit éclater de rire en contemplant son triomphe. Mais des souvenirs l'assaillirent bientôt : Dylan qui pénétrait dans la loge; le seau qui lui tombait dessus; Dylan qui voulait allumer la lampe.

Tu me tues une seconde fois, dit la voix de Dylan dans la tête de Dash. *Tu me détestes! Tu m'as toujours détesté!*

— Ce n'est pas vrai! s'insurgea Dash en se reculant pour regarder le début d'incendie. C'était un accident! Je ne voulais pas…

Les flammes diminuaient déjà, une épaisse fumée blanche montait des plantes et des fleurs, comme si la maison elle-même jouait à faire les pompiers.

— Noooon! gémit Dash en se prenant la tête à deux mains.

— Ça partait pourtant bien! dit Azumi.

— Dash… commença Poppy.

— Pas un mot, la coupa-t-il. Merci.

Le feu mourut. De rage, Dash balança la lanterne de toutes ses forces contre la maison. La cage en verre explosa, projetant flammes et combustible en tous sens. Les filles bondirent à l'écart, entraînant Dash avec elles.

Celui-ci se mordit la lèvre. Pourvu… Pourvu… Mais l'incendie s'éteignit une fois de plus.

La voix de Dylan ricana dans sa tête. *Bien tenté, petit frère.*

— La ferme, Dylan! J'essaie de t'aider!

La voix se tut. Et ce silence fut plus douloureux que les sarcasmes.

— Dylan? Excuse-moi. Tu es là?

— Dash? demanda Poppy. Tu parles à qui? Nous ne sommes que tous les trois.

— Bon, qu'est-ce qu'on fait, maintenant? poursuivit Azumi.

— Ce que je proposais tout à l'heure, répondit Poppy d'une voix ferme. On pénètre dans la maison et on localise l'atelier de Frederick. Le pacte sera forcément là.

CHAPITRE 27

LES TROIS ADOLESCENTS partirent à la recherche d'une porte ou d'une fenêtre ouverte. Mais chaque point d'entrée semblait être condamné, infranchissable. Comme si Larkspur savait ce qu'ils avaient en tête et leur refusait l'accès. Poppy en déduisit qu'ils étaient sur la bonne voie.

— Connie, s'il te plaît, chuchota-t-elle en longeant la maison. Ouvre-nous.

— Et *toi*, tu parles à qui, Poppy? lui demanda Dash. Connie a disparu elle aussi, si ça se trouve.

Poppy se pinça les lèvres, refusant de regarder Dash en face.

— Connie?! S'il te plaît! cria-t-elle.

Dash évacua sa frustration en donnant un coup de pied à la façade. Un éboulis se produisit : de grosses pierres se déversèrent dans les hautes herbes, juste devant lui. Un trou béant s'ouvrait dans les fondations de Larkspur.

— Qu'est-ce qui t'a pris? demanda Azumi.

— Je ne l'ai pas fait exprès.

Une odeur répugnante enveloppa Poppy quand elle s'accroupit devant l'ouverture. Elle toussa. On aurait dit un aliment ayant pourri dans un réfrigérateur débranché. Cette odeur lui était familière.

— Je ne pensais pas entrer dans la maison de cette façon, commenta Azumi.

Dash se tourna vers le pied de la colline, comme s'il songeait à s'enfuir.

Poppy haussa les épaules afin de chasser la sensation de panique qui la menaçait.

— On n'a pas vraiment d'autre option, dit-elle.

— C'est ce que veut la maison, répliqua Dash en reculant.

Poppy baissa la voix :

— Nous aussi, c'est ce que *nous* voulons.

Elle se mit à quatre pattes et se cala devant le trou.

— Tu m'éclaires, Dash, s'il te plaît?

Il ressortit son téléphone et braqua le faisceau de la lampe de poche dans l'ouverture.

— Et si la maison dressait des murs pour nous empêcher de trouver le pacte? demanda-t-il.

De l'autre côté du trou, moins d'un mètre en contrebas, on distinguait le sol inégal. Au-delà, il n'y avait qu'un océan d'obscurité complète.

— Ça n'arrivera pas, assura Poppy. Vous vous souvenez du message de Cyrus sur le tableau noir? La peur et l'espoir : quand ils s'entremêlent, tu te sens vivant. Si tu supprimes l'un, tu ne peux pas avoir l'autre.

Dash et Azumi l'observaient sans bien comprendre.

— Bref, reprit Poppy, si Larkspur est « vivante », ça fonctionne sûrement pareil pour elle. Si elle nous enferme entre ses murs, elle supprime son angoisse, sa peur. La peur que nous la battions à son jeu. Et sans cette peur, elle n'a plus de raison de vivre. Sans nous, elle ne peut plus jouer. Elle a besoin de nous jusqu'au tout dernier moment, alors qu'elle pensera l'emporter. C'est là que nous détruirons son désir de faire du mal. Adieu l'espoir… mais adieu la peur aussi. Nous transformerons ce manoir en coquille vide, tout comme il a tenté de nous changer en carcasses creuses. Je vous le *promets.*

Ses yeux la picotaient, mais elle poursuivit :

— Dash, je ne te demande plus de me suivre. Mais sincèrement, j'espère que tu viendras.

Avant que ses larmes ne coulent, Poppy bascula ses jambes dans l'ouverture et se laissa tomber. Quelques instants plus tard, la voix d'Azumi résonnait derrière elle.

— Tout va bien ?

— Jusqu'ici, oui.

Ces mots dits, Poppy se retourna et tendit la main à Azumi, qui voulait la rejoindre. Mais quand leurs paumes se touchèrent, Poppy poussa un cri : les coupures du miroir n'avaient pas cicatrisé. Elle blottit sa main contre sa poitrine jusqu'à ce que la douleur s'apaise.

Dash descendit à son tour en grognant. Il apportait la lumière dans ce sous-sol. Poppy lui sourit, mais il ne lui accorda pas le moindre regard. Il se contentait de braquer son téléphone sur les murs de brique noire, maculés de poussière, qui semblaient vouloir les compresser. Un couloir étroit s'étirait au loin. De grosses araignées fuyaient la lumière, se réfugiant dans des fissures du béton. Le sol nu semblait avoir été souvent foulé.

Azumi se tordit la cheville et s'écroula dans les bras de Poppy. Elle voulut voir ce qui l'avait fait trébucher… et elle hurla d'effroi. Elle avait marché non pas sur une brique ou un caillou, mais sur un crâne. Un petit crâne humain blanchi par le temps. Les deux filles décampèrent tandis que Dash observait le tas d'ossements mêlés aux décombres.

— Filons vite, chuchota Poppy. Avant que la maison n'attaque.

— Je crois que c'est trop tard, lui répondit Dash d'une voix neutre.

Le trio se regroupa, puis continua d'avancer lentement, guettant les moindres bruits dans le noir. Le faisceau du téléphone fit briller une petite plaque de cuivre vissée au mur, devant eux. Deux mots étaient gravés dessus.

Consolida Caldwell.

Poppy sentit son sang se glacer.

— Que fait le nom de ta cousine sur ce mur? demanda Azumi.

Poppy caressa le mur. Il lui semblait deviner ce qui se cachait derrière ces briques, mais elle n'osait pas le formuler.

Quelques mètres plus loin se trouvait une deuxième plaque en cuivre sur laquelle on pouvait lire : *Eugenia Caldwell.*

— La mère de Connie, précisa Poppy.

La plaque suivante : *Frederick Caldwell.* Le peintre qui avait conclu un pacte avec la créature des ombres.

— Je ne comprends pas, dit Dash. Elle joue à quoi, la maison?

— Aucune idée, répondit Poppy d'une voix chevrotante.

Les trois ados rencontrèrent d'autres plaques arborant d'autres noms.

Gage Vogel.

Sybil Simonov.

Eliza Turner.

James Han.

Orion Robideaux.

Poppy se refusa à révéler qu'il s'agissait des premiers orphelins de Cyrus, ceux qui s'étaient noyés dans un accident de bateau sur l'Hudson dans les années 1930. Elle ne tenait pas à effrayer ses amis.

Un bourdonnement léger chuintait dans ce passage. Poppy voulut presser le pas, mais Dash et Azumi la ralentissaient chaque fois et elle préférait ne pas demander à Dash d'accélérer. Celui-ci lut d'autres noms encore. Certains familiers, mais pas tous.

Javier et Philip Zullo.

Angelo et Beryl Fox.

Verity Reese.

Saul Barron.

— Cyrus n'aurait pas parlé d'une crypte dans l'un de ses carnets? demanda Dash en marchant au centre du corridor.

Azumi blêmit en éloignant ses mains de la dernière plaque, sur laquelle elle glissait les doigts.

Ils venaient de découvrir une portion du passage où les briques rouges semblaient plus récentes qu'ailleurs, comme si une porte avait été murée peu de temps auparavant. Quelques pas encore, et quatre autres ouvertures attendaient apparemment le même traitement. Dash éclaira la première.

L'intérieur n'était pas plus grand que le placard que Poppy partageait avec Ashley, à l'orphelinat de Thursday's Hope.

Pendant que ses camarades inspectaient les autres emplacements, Poppy lut le nom gravé sur la plaque fixée sur les briques rouges. Sa mâchoire se décrocha. Elle manqua tomber à la renverse et dut s'appuyer contre le mur.

— Ça ne va pas? lui lança Azumi. Tu te sens mal?

Pour toute réponse, Poppy montra la plaque du doigt. Elle ferma les yeux quand Dash et Azumi poussèrent un cri d'horreur.

Le nom gravé sur cette plaque en bronze était celui de *Marcus Geller*.

CHAPITRE 28

MARCUS EST MORT à cause de toi, Azumi, comme Moriko tout est ta faute ta faute ta faute TA FAUTE TA…

Azumi se mordit la langue et décrocha son regard de la plaque. Elle étouffa un sanglot en rejoignant ses amis.

— Marcus est là-dedans? demanda Dash. Sa voix résonna à travers le couloir.

— Disons que ça fait partie du jeu, dit Poppy. La maison veut que nous…

Des coups leur parvinrent du mur sur lequel se trouvait la plaque de Marcus. Les trois adolescents glapirent et se blottirent les uns contre les autres. Ils regardèrent la poussière tomber du plafond en pierre.

— Il est vivant! Nous devons le sortir de là! s'écria Azumi, au bout d'un moment.

Elle voulut s'approcher de la plaque, mais Poppy la retint.

Boum, boum, boum!

— Ce n'est pas lui, murmura Poppy. Ne traînons pas dans le coin.

Surprise, Azumi écarquilla les yeux.

— Mais si jamais…

— Poppy a raison, la coupa Dash. Nous avons tous vu ce que la créature a fait à Marcus. Il ne respirait plus quand nous l'avons laissé.

— Eh bien justement, on n'aurait peut-être pas dû le laisser là! On aurait peut-être dû rester près de lui jusqu'à ce qu'il se réveille! La créature a dû le transporter ici pendant qu'on errait dehors. Marcus! Marcus! Tu m'entends? supplia-t-elle, le regard rivé sur la plaque portant son nom.

Les coups accélérèrent. *Boum, boum, boum!*

Elle se retourna brièvement vers ses camarades.

— Pour moi, ça veut dire oui. Tâchons de trouver un outil pour fracasser ce…

Dash la saisit par le coude et l'éloigna de la plaque. La force de ce geste la prit tellement au dépourvu qu'elle ne songea même pas à résister. Dash l'entraîna vite au-delà des quatre ouvertures. Poppy les suivait à quelque distance.

Une, deux, trois, quatre. Un emplacement pour chacun des derniers invités de la maison. Larkspur leur avait réservé des places dans sa crypte.

Azumi avait le souffle court. Ses poumons lui semblaient trop étroits.

TA FAUTE, AZUMI, TA FAUTE.

— Restons concentrés sur notre objectif, dit Dash en la relâchant.

— Non! hurla Azumi. Je n'y crois pas. Il est vivant! C'est certain. Parce que sinon, ça signifie que j'ai participé à son meurtre!

TOUT COMME TU AS TUÉ MORIKO.

— Je veux me réveiller, s'il vous plaît! hurla Azumi. Par pitié, réveillez-moi!

Poppy la serra dans ses bras et la pressa fort contre sa poitrine. Azumi se crispa, mais une seconde plus tard, elle lâcha prise et s'abandonna aux sanglots. Ses larmes coulèrent jusqu'à ce que c'en devienne douloureux. Et peu à peu, blottie dans les bras de Poppy, la voix se tut dans la tête d'Azumi. Si bien que, quand Poppy commença à se dégager, elle l'empoigna et se cramponna.

— OK, murmura-t-elle dans le cou de Poppy. Je vais tâcher de rester concentrée. Mais il va falloir que vous m'aidiez. Je… ça ne va pas fort.

— Nous non plus, avoua Poppy.

Azumi plongea son regard dans le sien.

— Dans mon cas, je crois que c'est pire. Je pense que la maison sait qu'elle est sur le point de me briser.

Dash lui caressa l'épaule.

— Azumi, j'étais dans un service psychiatrique il y a peu. Mon frère mort me poursuit depuis un mois. Je te comprends. Sois forte. La maison ne te brisera pas.

Azumi lui sourit. Dash n'essayait peut-être pas de faire de l'humour, mais à ses yeux, la situation était loufoque. Des enfants n'étaient pas censés vivre ce genre d'aventures. Les enfants n'étaient pas censés savoir ce que c'est que d'être effrayé à ce point. Ça, c'était le monde des adultes. Et les adultes s'efforçaient d'épargner ce genre de choses aux jeunes. Peut-être que, si on laissait les jeunes goûter à la peur, ces épreuves auraient été moins pénibles. Peut-être que les cauchemars d'Azumi auraient cessé. Comme ses crises de somnambulisme, qui sait?

— Ce serait plus facile si vous arrêtiez de vous disputer, dit Azumi. J'ai l'impression que la maison veut se débarrasser de moi pour pouvoir mieux vous séparer après. Si ça se trouve… Il suffirait peut-être qu'on soit encore tous un peu plus forts.

TA FAUTE TA…

Azumi prit Poppy par la main. La voix se tut de nouveau. Azumi inspira à fond. C'était la goulée d'air la plus ample qu'elle ait inspirée depuis qu'elle avait franchi le seuil de la propriété. Elle se sentit paisible. Ce sentiment lui donna la certitude qu'elle pouvait assurer l'unité de leur petit groupe et qu'ensemble, ils surmonteraient cette épreuve. Elle comprit que c'était pour cela qu'elle devait se battre.

CHAPITRE 29

LES COULOIRS OBSCURS serpentaient de manière insensée. Dash aurait pu jurer que le dernier virage à gauche aurait dû aboutir à un mur; or le passage avait continué tel un long serpent, s'élevant et s'inclinant tour à tour. À intervalles plus ou moins réguliers, un bruit résonnait derrière les trois adolescents : des frottements de semelles sur le sol ou une chute de gravillons depuis le plafond? Difficile de trancher. Quoi qu'il en soit, Dash y puisait la motivation pour poursuivre l'exploration, et ce, alors même que les murs semblaient se rapprocher. Tous les trois ou quatre pas, ses amies et lui apercevaient une nouvelle plaque en cuivre, gravée d'un autre nom. Comme si le sous-sol était entièrement rempli de cadavres.

Poppy et Azumi marchaient en file indienne derrière Dash qui éclairait le tunnel avec son téléphone. Les battements puissants de son cœur lui rappelaient les coups sourds entendus devant le mur de briques avec la plaque de Marcus.

Une lueur apparut soudain devant la petite troupe : il s'agissait d'une ampoule protégée par une cage en fer, et fixée au mur, à côté d'une porte. Plus ils approchaient, plus Dash avait la gorge sèche. Une porte en accordéon se ferma brusquement et l'espace à l'intérieur se retrouva strié d'ombres.

— C'est… commença Poppy d'une voix tremblante.

— La porte d'un ascenseur, compléta Dash. En tout cas, ça y ressemble.

Ils étaient dans une impasse.

— On monte par là? suggéra Azumi.

— Je ne vois pas d'ascenseur ni de bouton pour l'appeler, fit remarquer Dash.

— Mais si on grimpait? proposa Poppy.

— Tu te rappelles ce qui s'est passé la dernière fois qu'on a voulu utiliser cet engin? dit Dash. Les Spéciaux nous sont tombés dessus.

— OK, mais a-t-on d'autres options?

— Continuer à explorer ces sous-sols, dit Azumi en secouant la tête.

Personne ne savait quoi dire.

Un nouveau bruissement se fit entendre dans le passage noir, suivi par un grattement, comme des ongles contre les murs. Et cela se rapprochait. Encore. Plus vite. À tout moment, le voile d'ombres allait se lever sur…

Aucun des trois jeunes ne souhaitait savoir quoi.

Ils s'avancèrent vers l'ascenseur. Poppy et Dash empoignèrent la porte en accordéon et la poussèrent de toutes leurs forces. La porte se dandina, puis se replia d'une quinzaine de centimètres.

— On peut passer, annonça Poppy en signifiant à Azumi d'entrer la première.

Elle jeta un coup d'œil par-dessus son épaule, tandis que Dash imitait Azumi. Quelque chose se déplaçait dans les ombres. Poppy confia sa sacoche à Dash avant de le suivre.

— Aide-moi à refermer, dit-elle. Vite.

Dash lui adressa un regard noir, mais se reprit immédiatement, sachant que cela ne ferait que les ralentir. Ensemble, ils poussèrent la porte jusqu'à ce qu'elle forme un barrage entre eux et la chose mystérieuse qui les suivait. Dash rendit ensuite sa sacoche à Poppy, puis il braqua son téléphone vers le haut.

— C'est moins grand que dans mon souvenir, commenta Poppy.

— Tout n'arrête pas de changer de taille et de forme dans cette maison, expliqua Dash.

Les parois de la cage d'ascenseur étaient en brique noire comme celle des couloirs sinueux qu'ils venaient d'emprunter. Il n'y avait aucune prise pour les mains, ni barreau, ni le moindre câble. Simplement trois tiges qui montaient dans l'obscurité.

Poppy écarta les bras et parvint à toucher les deux murs opposés.

— Excellent, dites donc! s'exclama-t-elle en s'adossant contre une paroi en appuyant un pied contre celle d'en face. On doit pouvoir grimper comme ça.

Dans la foulée, elle posa son autre pied contre le mur et, en appui sur ses deux jambes, releva son torse de vingt centimètres.

— Fais attention, quand même, fit Azumi, inquiète.

Sans relever la remarque, Poppy poursuivit l'ascension : pied droit, pied gauche, épaules, pied droit, pied gauche, épaules...

— Suivez-moi, pressa-t-elle ses amis. Vous pouvez le faire.

Dans le couloir, la chose grattait toujours le mur en s'approchant de ses proies.

— J'ai l'impression d'être un rat dans un labyrinthe, murmura Dash en se calant comme Poppy dans la cage.

Son téléphone dans une main, il orientait le faisceau lumineux vers le haut.

— Et le chercheur qui dirige l'expérience fait en sorte qu'on suive bien ses directives, ajouta-t-il.

— Mais tu es d'accord pour nous suivre, non? lança Poppy.

— Est-ce qu'on a le choix?

Les trois jeunes grimpèrent pendant trois minutes, après quoi les briques firent place à un treillis métallique. La cage était plongée dans le noir. Une porte fermée apparut.

— Ça doit être le rez-de-chaussée, suggéra Poppy.

— On en profite pour sortir? demanda Dash. Et chercher l'atelier?

— Si la maison nous le permet, répondit Azumi.

En contrebas, la porte en accordéon s'agita, comme si quelque chose testait sa résistance.

— On continue, décida Poppy.

— Moi je descends à la prochaine porte, marmonna Dash. Suivez-moi ou non, je m'en fiche.

— On te suit, Dash, dit Poppy.

Le groupe avait parcouru la moitié du chemin le séparant de la porte, à près de dix mètres du bas de la cage, quand les murs se mirent à vibrer.

— C'est quoi ça? s'inquiéta Azumi.

Un moteur ronronnait non loin d'eux. Dash braqua son téléphone sur les tiges fixées au mur. Un mécanisme s'enclencha. Un grincement métallique retentit.

— L'ascenseur! annonça Poppy. Quelqu'un nous l'envoie dessus!

CHAPITRE 30

POPPY ÉTAIT PARALYSÉE. Ses pieds s'engourdissaient. Les tiges métalliques tremblaient déjà et, au-dessus de sa tête, une faible lueur signalait l'arrivée de la cabine.

— La prochaine porte n'est plus loin, dit Dash en se tortillant pour s'en rapprocher. Du nerf, les filles!

Azumi dépassa Poppy et tira sur la sangle de sa sacoche. Poppy sortit de sa transe. Elle suivit ses camarades en appuyant la plante de ses pieds sur le mur et en déplaçant le haut de son corps à la manière d'un serpent.

Les tiges tremblaient de plus en plus fort. Une odeur de graisse piquait le nez des adolescents.

Fermement calé dans la cage, Dash essayait déjà de faire coulisser la porte. Azumi attendait à côté de lui, terrifiée, les yeux rivés sur la cabine qui descendait.

— Dépêche-toi, Dash! le pressa-t-elle.

Poppy glissa de dix centimètres lorsque son pied dérapa contre le mur. La sangle de sa sacoche claqua, et elle tendit une main pour la récupérer. La sacoche disparut dans l'obscurité, mais ses doigts se refermèrent sur quelque chose de souple. À sa grande surprise, Poppy découvrit qu'elle avait sauvé la poupée que Connie tenait dans ses bras pendant la vision. La poupée en chiffon qu'elle avait rangée dans la poche de son tablier.

Comment avait-elle atterri dans la sacoche de Poppy?

L'heure n'était pas à la réflexion! La cabine de l'ascenseur n'était qu'à quelques mètres de sa tête et elle descendait à vive allure.

Au prix d'un dernier effort, Dash parvint à ouvrir la porte. Il aida Azumi à sortir de la cage, puis tendit la main à Poppy.

— File! lui cria cette dernière en se trémoussant pour monter encore. Ne m'attends pas.

Dash pivota sur lui-même et bascula une jambe, puis l'autre, sur le palier.

La cabine approchait toujours. Dash tendit les mains à Poppy. Celle-ci les saisit. Moins d'un mètre à franchir. Le temps pressait. Si Dash ne se retirait pas tout de suite, la cabine allait lui sectionner les bras. Alors Poppy le repoussa, puis se laissa redescendre. Avec un peu de chance, elle réussirait peut-être à atteindre la porte en dessous.

Mais elle ne se déplaçait pas assez vite. La cabine était au-dessus d'elle, bloquant la lumière du téléphone de Dash, si bien qu'elle était pour ainsi dire dans le noir. Elle sentit une odeur d'huile. Le plancher de la cabine allait l'écraser, Poppy ferma les yeux et se prépara au choc.

Est-ce que je devrais lâcher prise et me laisser tomber dans les entrailles de la maison? se demanda-t-elle.

Un cri assourdissant manqua la faire chuter. La voix résonnait à l'infini.

Puis le silence s'abattit dans la cage.

Poppy attendit, tous les muscles de son corps tendus. Mais rien ne se produisit. Elle rouvrit les yeux, leva un bras et toucha quelque chose de dur à quelques centimètres de sa tête. Le châssis de la cabine.

Elle s'était arrêtée.

La cabine s'était arrêtée! Poppy était vivante!

— Poppy? Tu es là? appela Azumi d'un endroit tout près de Poppy.

Des pas heurtèrent la plateforme au-dessus de Poppy : Azumi avait dû grimper à bord et actionner le levier.

— Oui! cria Poppy sans parvenir à contenir l'hystérie qui l'envahissait. Sortez-moi de là! Pitié!

— Ça vient, on y travaille!

Un mécanisme s'enclencha de nouveau. Poppy croisait les doigts pour qu'Azumi arrive à faire monter la cabine et non à la faire descendre. L'instant d'après, la cabine s'éloignait, la porte redevenait accessible. Sans perdre une seconde, Poppy se hissa jusqu'au rebord et bascula en sécurité.

Azumi et Dash se blottirent contre elle, en larmes, et lui présentèrent leurs excuses.

— Vous n'avez pas à vous excuser, parvint à dire Poppy entre deux sanglots. Vous m'avez sauvé la vie.

Ce fut toutefois comme s'ils ne l'avaient pas entendue, car ils se remirent aussitôt à répéter en boucle :

— On est désolés… sérieux… Heureusement, tu n'as rien… On s'en veut tellement…

Poppy avait presque l'impression qu'ils ne s'adressaient pas à elle. Qu'ils s'excusaient auprès de quelqu'un d'autre. Dylan? Moriko?

Elle pressa la poupée contre son cœur, soulagée de ne pas l'avoir perdue.

CHAPITRE 31

LES LAMPES S'ALLUMÈRENT dans la pièce, diffusant un éclat doré.

Poppy retint son souffle et ses camarades pivotèrent sur eux-mêmes pour regarder. Les murs étaient presque entièrement recouverts de portraits et de paysages. Il y avait des chevalets dans les moindres recoins de l'espace. Des toiles vierges et des tableaux à moitié achevés étaient appuyés contre les murs. Le sol était couvert d'un méli-mélo de tapis usés et maculés de couleurs qui se chevauchaient. Partout, des boîtes en bois débordaient de pages poussiéreuses et de papiers enroulés.

— L'atelier de Frederick? dit Dash en reprenant ses esprits. Mais comment? Pourquoi? Si la maison sait que nous voulons venir ici, pourquoi nous y a-t-elle conduits directement?

— Elle nous a quand même mis de sacrés bâtons dans les roues, objecta Azumi. L'ascenseur a presque écrabouillé Poppy.

— Exactement, presque.

— Connie, chuchota Poppy comme si elle n'entendait pas les voix de ses amis. Elle nous aide encore. C'est peut-être elle qui nous a guidés à travers le sous-sol. Et qui nous a indiqué à quel moment sortir de la cage d'ascenseur.

— D'après toi, ce serait ta cousine morte qui aurait envoyé la cabine? reprit Dash.

— C'est une possibilité, acquiesça Poppy. Elle savait peut-être qu'on atterrirait au bon endroit au bon moment. Et que tout se terminerait bien.

— Donc ce serait la fin?

— Sauf si la maison cherche toujours à nous tuer, intervint Azumi, et que cet atelier est un nouveau piège.

Poppy secoua la tête, un sourire se dessinait sur ses lèvres.

— Non. Cette pièce est la conclusion de tout ce qu'on a vécu. Connie est ici. Je sens sa présence. Pas vous? C'est comme si… Comme si mon destin m'appelait ici.

Dans cette pièce. À Larkspur! Je suis ici chez moi, songea Poppy. *Connie et moi sommes les seules à pouvoir résoudre ce problème. Mettre un terme à la malédiction que Frederick a provoquée en signant son pacte. Ensuite, nous pourrons peut-être y vivre, qui sait? Être enfin… une famille.*

Azumi et Dash échangèrent des regards inquiets.

— Poppy, dit Azumi d'une voix douce, tu te sens bien?

Poppy battit des paupières.

— Inspectons l'atelier. Tâchons de trouver les documents de Frederick, répondit-elle.

Dash se leva et referma la porte de l'ascenseur pendant que ses camarades s'avançaient dans l'atelier.

Le mur du fond était percé de fenêtres donnant sur le pré et le bois. Dans le ciel, les étoiles révélaient les secrets de leurs constellations infinies. Au-delà des arbres, Poppy apercevait le fleuve qui serpentait jusqu'à la ville. Elle n'allait peut-être pas être obligée de retourner vivre à l'orphelinat, après tout. Son cœur s'emplit de gratitude.

— Est-ce que se sont tous des portraits de Frederick? demanda Azumi en admirant les toiles.

Le même visage apparaissait en effet sur des dizaines de tableaux. En les regardant les uns à la suite des autres, on voyait un jeune homme se transformer en un vieil homme grisonnant, l'innocence timide de son regard faisant place à l'éclat de la folie. Sur les quelques tableaux posés contre le mur, le sujet avait perdu toute trace d'humanité. Son visage déformé arborait des teintes vertes, violettes ou rouges, une lumière blanche jaillissait de ses orbites, sa bouche dessinait une large grimace. Sur d'autres, la peinture s'accumulait en couches successives comme pour suggérer qu'un homme se dissimulait à l'intérieur d'un monstrueux cocon. C'était à croire que, durant les dizaines d'années qui s'étaient écoulées depuis la mort de sa femme et de sa fille, Frederick s'était peu à peu représenté en monstre.

Poppy ne supportait pas la vue de ces portraits. La haine lui comprimait le ventre. À moins que ce ne soit la faim. Elle s'aperçut tout à coup qu'elle avait la bouche très sèche. Elle avait horriblement soif.

Mets un terme à cette malédiction et tu pourras boire toute l'eau que tu souhaiteras. Tout t'appartient, ici, désormais.

Était-ce la voix de Connie? Poppy avait le souffle de plus en plus court à mesure qu'elle découvrait le reste de l'atelier.

Azumi fouillait dans les boîtes en bois à la recherche du pacte du peintre, tandis que Dash fourrageait les tiroirs du bureau.

À côté d'un des chevalets, un grand objet était recouvert d'une toile foncée, à l'aspect familier. Ce matin-là, dans le bureau de Cyrus, Poppy n'avait pas osé s'approcher de cette toile, de peur de découvrir une horreur en dessous. Mais forte de ses expériences, cette fois-ci, elle tira sur la bâche sans hésitation. Un miroir d'un mètre quatre-vingts de haut apparut. Frederick Caldwell devait s'en servir pour réaliser ses autoportraits.

Poppy, elle, allait s'en servir pour parler à sa cousine.

— Connie? Tu es là? l'appela-t-elle d'un tout petit filet de voix, tant elle était nerveuse.

Poppy scrutait son propre reflet. À l'arrière-plan, elle distinguait Dash et Azumi qui l'observaient, plongés dans l'angoisse.

Une ombre apparut entre eux, sur la glace.

Dash s'écarta brusquement de l'endroit où elle aurait dû se manifester. Mais l'ombre n'existait que dans le miroir. Azumi fixait son camarade d'un œil perplexe.

— Connie! s'exclama Poppy. J'étais sûre que tu viendrais!

Dash vit alors l'ombre se solidifier et prendre une forme humaine. Mais elle frémissait et tressautait comme si elle luttait contre une force invisible. Poppy plaqua ses paumes contre la glace, dans l'espoir un peu fou d'aider sa cousine, mais l'image de Connie continuait de danser dans le miroir. Et tout à coup, comme frappée par une main démesurée, l'ombre valsa en arrière contre le mur aux autoportraits. Poppy glapit. L'ombre retomba par terre, secouée de spasmes, puis se redressa. L'instant d'après, elle fut projetée vers l'ascenseur.

— Fichez-lui la paix! hurla Poppy en martelant la glace comme si elle pouvait pénétrer à l'intérieur et sauver sa cousine.

— Il faut faire quelque chose! lança Azumi.

La maison les combattait à présent de toutes ses forces, elle devait savoir qu'ils se rapprochaient de son secret le plus sombre, le plus puissant.

— Un instant! dit Dash.

Dans la foulée, il se précipita vers le bureau qu'il venait de fouiller et sortit d'un tiroir un petit coffret en bois orné de vrilles. Un minuscule bouton métallique ressortait d'un côté.

— Est-ce bien ce que je crois? demanda Azumi, bouche bée.

Dash tourna le bouton et quand le mécanisme se bloqua, il souleva le couvercle. *L'Air de Larkspur* tinta et résonna bientôt dans tout l'atelier. Un calme étrange s'abattit soudain dans la pièce, Dash éprouva une sensation d'apaisement.

Poppy recula sans lâcher des yeux le miroir. Ses camarades découvrirent dans le reflet l'image de Connie à côté de Poppy. La médium de la vision ne s'était pas trompée : la musique protégeait Poppy, elle les protégeait tous.

Mais combien de temps allait-elle durer? Larkspur avait l'habitude de fracasser les objets qui se mettaient en travers de sa route.

— Dieu merci, tu n'as rien, soupira Poppy.

Connie acquiesça. Elle semblait trop épuisée pour sourire.

— Nous avons besoin de toi pour trouver le pacte de Frederick, enchaîna Poppy. Nous ignorons où il est. Ni ce à quoi il ressemble.

Dash, lui, s'était imaginé un contrat normal, comme celui que ses parents avaient signé pour la série *Papa mène l'enquête*. Mais il savait aussi que le document accepté par Frederick était d'une autre nature. Un contrat spirituel qui avait engagé l'âme du peintre. Celui-ci en avait retiré une grande notoriété et une fortune sans fin. En contrepartie, il avait perdu sa famille. Frederick savait-il que ce serait le prix à payer? Dash eut brusquement l'impression que les regards de tous les portraits de Frederick le scrutaient et le mettaient au défi de poser la question à voix haute.

Connie ouvrit la bouche comme pour s'exprimer; puis elle sortit de sa poche quelque chose qui ressemblait à un vieux rouleau de parchemin.

Le pacte! jubila intérieurement Dash.

La cousine le déroula rapidement et montra aux trois adolescents une page blanche. Elle secoua la tête, puis déchira le document en deux et le laissa tomber à ses pieds.

— Que cherches-tu à nous dire? demanda Poppy en montant le ton. Que le pacte n'existe pas?

162

Connie leva un doigt. Elle s'approcha du miroir et souffla de l'air chaud contre la glace. Un cercle de vapeur se forma devant son visage. Elle y dessina une fleur. Cinq pétales autour d'un point central. Connie scruta sa cousine tandis que la vapeur se dissipait.

— Je ne comprends pas, dit Poppy en secouant la tête.

Connie fouilla encore dans sa poche et en tira un pinceau fin. Les poils étaient rouge sang.

Dash se demanda d'ailleurs s'il ne s'agissait pas *réellement* de sang.

Connie se dirigea ensuite vers une série de tableaux. À l'aide du pinceau, elle en désigna plusieurs. Poppy faisait toujours non de la tête, les yeux embués.

— Tu ne pourrais pas plutôt me dire ce que ça signifie? implora-t-elle.

— Ou écrire un message, suggéra Dash.

Connie, elle aussi en larmes, fit signe que non. Elle braqua son pinceau sur les paysages de son père d'un geste énergique.

Azumi adressa un signe à ses amis pour capter leur attention.

— Elle veut peut-être nous dire que le pacte est *à l'intérieur* d'un tableau de Frederick? proposa-t-elle.

Connie vint se coller au miroir et hocha la tête frénétiquement.

— Et si le pacte était une image? Un symbole, suggéra à son tour Dash en montrant du doigt la petite fleur qui finissait de disparaître sur le miroir. Un symbole comme celui que Connie a dessiné là.

Connie sautait sur place, un large sourire aux lèvres.

— Il a raison? demanda Poppy, surprise.

Sa cousine opina. Poppy se retourna et serra une fois de plus Dash dans ses bras, à l'écraser.

— Merci, Dash! claironna-t-elle.

— Ce n'est pas moi qu'il faut remercier, répondit-il, au bord de l'étouffement.

Il se sentait très mal à cause de toutes les horreurs qu'il avait pu dire à Poppy. Et l'intensité de l'étreinte de cette dernière lui indiquait qu'elle aussi avait de lourds regrets. La confiance allait-elle renaître entre eux? La boîte à musique continuait de jouer et Dash se surprit à penser que oui... peut-être...

— Remercie plutôt ta cousine, acheva-t-il.

— Bon, mais quel tableau, alors? dit Azumi en se tournant vers la série que Connie avait montrée.

Celle-ci secoua la tête, la mine soudain sombre.

— Ce n'est pas un de ceux-là? tenta de clarifier Azumi.

Connie confirma d'un mouvement de la tête, puis elle désigna une porte située à côté de l'ascenseur.

— Le pacte n'est pas dans cette pièce? dit Poppy.

Connie porta les mains à ses joues pâles. Du bout des doigts, elle traçait des larmes entre ses yeux et son menton.

— Ne sois pas triste, lui dit Poppy d'une voix qui se voulait enjouée et pleine d'espoir. Nous serons bientôt réunies! Pour toujours.

— Pour toujours, répéta Dash, le visage décomposé. Qu'entends-tu par là?

Mais Poppy ne releva pas la question, préférant observer Connie qui recommençait inlassablement le même geste. Puis sa cousine lui montra à nouveau la porte.

— OK, OK, on y va tout de suite, dit Poppy.

Dash, lui, n'arrivait pas à oublier les dernières paroles de Poppy.

— Poppy, que voulais-tu dire par « Pour toujours »? lui demanda-t-il.

Celle-ci fit comme si elle ne l'entendait pas et s'adressa à sa cousine :

— Que ferons-nous quand nous trouverons le bon tableau?

— On n'aura qu'à utiliser ça, dit Azumi.

Dans un tiroir du bureau, elle récupéra un petit contenant en fer portant la mention ESSENCE DE TÉRÉBENTHINE, ainsi qu'un briquet argenté trouvé dans un cendrier.

La boîte à musique ralentissait, la mélodie s'assoupissait. L'air semblait vibrer autour de l'objet, comme chargé d'électricité statique.

Dash sentit les poils de sa nuque se dresser. Il voulut saisir la boîte afin d'en remonter le mécanisme, mais elle s'éleva dans les airs, hors de portée.

— Hé! s'indigna Dash.

Il grimpa sur le bureau, mais le ressort avait fini de tourner et la mélodie s'était tue. La boîte se mit à trembler. Dash sentait presque la part maléfique de la maison se diriger vers lui, emplir l'espace laissé vacant par la musique.

C'est alors que la boîte explosa, projetant des éclats de bois en tous sens. Dash se couvrit la figure. Des échardes lui bombardèrent les mains. L'instant d'après, le mécanisme en morceaux retomba à ses pieds et un rire strident résonna dans la cage d'ascenseur.

CHAPITRE 32

LA PORTE EN ACCORDÉON s'ouvrit dans un grincement et deux paires de mains sortirent des ténèbres. Matilda et Dylan se hissèrent sur le sol de l'atelier et s'avancèrent en mouvements saccadés, comme des marionnettes qui bougeraient au gré des ficelles. Dash sauta du bureau et se précipita vers le miroir où Poppy et Azumi étaient blotties l'une contre l'autre. Derrière elles, le reflet de Connie était redevenu flou, mais elle se pressait contre la glace, comme pour essayer de toucher Poppy.

Les deux Spéciaux avançaient en glissant les pieds. On aurait dit qu'ils patinaient sur les tapis fatigués, les bras tendus, leurs doigts rappelant des griffes.

Frissonnant, Poppy alla à leur rencontre.

— Je vous attendais, dit-elle en s'efforçant de paraître courageuse. Vous êtes venus. V-vous êtes venus.

Matilda et Dylan s'approchèrent à grands pas, tous deux face à Poppy. Celle-ci resta de marbre.

— Allons-y! hurla Azumi.

Elle voulut saisir son amie par le bras, mais Dash bondit soudain en avant, renversant son frère, Dylan.

Les jumeaux se battaient par terre dans un concert de jurons et de cris. Et à l'instant où Matilda s'apprêtait à attaquer Poppy, cette dernière lui jeta dans les mains la poupée de Connie. Les doigts de la fille au masque de chat se refermèrent par réflexe. Elle se figea, puis regarda la poupée et une seconde plus tard, un bruit assourdissant emplissait l'air.

Le masque de Matilda vola en éclats, qui retombèrent en pluie. Ses yeux pâles prirent une teinte bleue, comme par magie et sa bouche s'ouvrit en grand, dans un rictus de bonheur et de surprise mêlé d'une pointe de peur. Poppy empoigna par l'épaule la fille qui l'avait pourchassée sans relâche à travers Larkspur.

— Tu vas bien! lui chuchota-t-elle à l'oreille.

Dylan repoussa Dash avec un grondement de fureur. Il tourna la tête vers Matilda. On aurait dit qu'il s'attendait à la voir démembrer Poppy à mains nues. Lorsqu'il constata que la Spéciale était libérée, un éclair doré envahit ses orbites creuses, après quoi ses forces l'abandonnèrent.

Poppy perçut la désintégration du corps de Matilda; la faible chaleur qu'elle émettait se dispersa comme un courant d'air par la fenêtre de sa chambre, une nuit de printemps. Poppy poussa un soupir de soulagement. Ils étaient tous partis. Tous les Spéciaux étaient libres.

Une douleur violente lui transperça le ventre et la fit plier en deux. Ils n'étaient pas partis. Ils étaient tous morts. La maison y avait veillé. Toute leur souffrance,

tous leurs cauchemars, toute leur panique avaient nourri la créature.

Ce monstre qui avait projeté son ombre sur la vie de Poppy.

Cela devait cesser. Immédiatement.

Poppy se remit face au miroir. La glace avait viré au noir. Connie avait disparu.

Quelqu'un saisit Poppy par l'épaule et elle glapit.

Azumi la secouait par le bras et agitait devant elle une espèce de boîte en métal.

— Viens, on s'en va! dit Azumi.

Dash rampa jusqu'à ses amies, puis il se releva en grognant.

Dylan était assis par terre, à quelques pas de là. Il les observait tous les trois. L'expression peinte sur son masque avait changé : un large sourire lui barrait maintenant la figure. Les extrémités rejoignaient presque ses yeux dorés.

— Il sait quelque chose que nous ignorons, conclut Dash, pris d'un tremblement incontrôlable.

Une voix grave résonna derrière le masque.

— Allez-y, courez...

Un rire. Dylan se redressa comme un pantin tiré par ses ficelles.

— Je vous laisse un peu d'avance. Mais ensuite, nous serons à égalité.

Le sol se mit à trembler.

Poppy, Dash et Azumi se précipitèrent vers la porte sombre située à côté de la cage d'ascenseur.

CHAPITRE 33

Aussitôt qu'Azumi, Dash et Poppy eurent franchi la porte, une épaisse fumée tourbillonnante les assaillit. Ils s'accroupirent et poursuivirent leur route à quatre pattes. Devant eux, ils entendaient les crépitements d'un feu et en sentaient la chaleur.

— On va où? cria Dash.

Il éclairait avec son téléphone les volutes de fumée qui tentaient de l'étouffer.

— On continue comme ça! lui répondit Poppy. On n'a pas le choix.

— Il doit bien y avoir un autre passage! dit Azumi. Après tout ce qu'on a enduré, je refuse de mourir dans un incendie!

— Tu préférerais être dévorée par un monstre gigantesque? demanda Dash.

— Ce serait sûrement plus rapide!

Les trois amis avaient parcouru un peu moins de dix mètres lorsqu'ils entendirent des gloussements derrière eux.

Dylan venait d'apparaître dans l'embrasure de la porte et les regardait ramper.

— Courons, ordonna Dash en se relevant et se couvrant la bouche. Sauve qui peut!

La fumée se dissipait à mesure qu'ils couraient. Ils n'apercevaient plus Dylan à leurs trousses. Le couloir s'étirait désormais à perte de vue devant eux.

— Ton frère est le cadet de nos soucis, dit Poppy. La maison sait que nous cherchons à la détruire. Et surtout, que nous avons découvert le moyen de le faire! Elle tentera désespérément de nous empêcher de trouver le pacte de Frederick. Son fameux tableau.

— Mais lequel, au juste? intervint Azumi. Il y en a tellement, dans cette baraque.

— *L'Homme à cinq faces!* claironna Dash.

— Mais oui! s'exclama Poppy. Dans la tour. Il suffirait qu'on y retourne et alors…

Azumi se figea et poussa un cri suraigu. Les murs avaient disparu autour d'elle. À dix centimètres devant ses pieds, le sol avait disparu lui aussi. La petite troupe se trouvait au bord d'une pièce infinie plongée dans le noir. En dessous, un feu crépitait. Aucune lumière en vue. Seuls le gouffre et l'oubli. Les ténèbres frémissaient presque de gourmandise.

— On est cuits, dit Dash en se retournant vers le chemin parcouru. Dylan va arriver.

— Non, protesta Poppy. Rappelle-toi ce que Marcus nous a dit tout à l'heure. La maison change de forme. Ça lui permet de nous orienter où elle veut et de nous empêcher d'aller là où ça ne lui convient pas.

173

Deux petites billes ambrées trouèrent les ténèbres derrière les trois adolescents; elles brillaient derrière le masque de Dylan. D'une seconde à l'autre, il leur tomberait dessus.

— Dépêche-toi! pressa Dash.

— Désolée! C'est juste que… si on passe par les pièces les plus effrayantes de la maison, on arrivera forcément où on veut.

Les deux globes fonçaient droit sur eux.

— Du coup, on fait quoi? relança Azumi.

Poppy se tourna face au gouffre sans fin.

— On plonge.

CHAPITRE 34

POPPY CHUTA.

— Poppy, arrête! hurla Azumi.

Mais l'instant d'après, Poppy atterrit sur la terre ferme.

— Rien à craindre, le sol est proche! rassura-t-elle ses compagnons. Faites comme moi! Vite!

Le gouffre sans fin n'avait été qu'une illusion.

Le trio se reforma quelques instants plus tard et s'engouffra dans les ténèbres. Les murs du couloir reparurent devant les jeunes. Soudain, le sol pivota comme un tire-bouchon. Les lignes du couloir se courbèrent, si bien que le sol et le plafond s'inversaient. Poppy retint son souffle sans ralentir l'allure, ses souliers de course restant en contact avec le plancher. Il lui semblait qu'elle allait s'écrouler. Très vite, elle eut la tête à l'envers, le sang afflua dans ses joues. Elle courait toujours, et le couloir se rétrécissait, les boucles se rapprochaient.

— Je vais vomir, prévint Azumi.

— Pas sur moi, pitié! répondit Dash.

— Ce ne serait pas un drame non plus, ajouta Poppy.

Mais le tournis était trop fort. Elle n'allait pas tarder à s'évanouir.

Tout à coup, les trois amis chutèrent les uns sur les autres : le couloir s'enfonçait dans une pente abrupte qu'ils dévalèrent en direction de ténèbres béantes.

CHAPITRE 35

LA DÉGRINGOLADE TERMINÉE, les adolescents se relevèrent en grognant. Dash regarda alentour. Aucune trace de Dylan : ni bruit de pas ni lueur ambrée. Son frère pouvait être n'importe où. Il se retourna et le groupe continua d'avancer sans dire un mot.

Quelques instants plus tard, ils parvinrent à une intersection. Trois passages s'ouvraient devant eux. L'un brillait d'une intense lumière chaude et présentait un plancher de séquoia et du papier peint rosâtre aux murs. Le deuxième était noir comme du charbon et empestait la pourriture. Quant au troisième, il était éclairé par les étoiles; toute une paroi était composée de fenêtres donnant sur le pré. Au bout de ce couloir, des voix chuchotaient : « Tout le monde est le bienvenu ici... Chacun est chez soi à Larkspur... Même toi... »

— J'en ai connu des plus tordantes, des maisons du rire, commenta Poppy.

— Combien, au juste? demanda Azumi.

— Bon, on va où, maintenant? interrompit Dash. Il faut rester sur la bonne voie.

— Merci du conseil, Dash, chuchota Azumi. On est tous dans le même bateau, je te rappelle.

Azumi grogna et se mit à scruter chaque passage l'un après l'autre.

— Si ça se trouve, la maison a compris qu'on choisissait les endroits les plus effrayants. Et elle a changé les règles du jeu.

— On devrait s'en tenir au plan, dit Poppy.

— OK, OK, on y retourne, enchaîna Dash en désignant le couloir illuminé. Vous allez peut-être trouver ça bizarre, mais pour moi, c'est celui-ci le plus effrayant.

— Bizarre, en effet. Mais bon… si tu le dis.

Et le trio s'avança vers la lumière.

— Qu'est-ce qui t'effraie tant, là, Dash? demanda Azumi.

— Cet endroit me fait douter de mes instincts. Je me demande si les choses redeviendront normales un jour. Je ne suis pas sûr de pouvoir supporter la normalité.

Les adolescents poursuivirent leur route en silence. Ils passèrent ainsi devant un buffet sur lequel trônait une lampe de style années folles munie d'un abat-jour coloré.

— Tu as toujours peur? murmura Poppy.

Dash leva son téléphone. Une porte close venait de se matérialiser quelques pas devant eux.

— Ouais, répondit-il en posant la main sur la poignée. Pas vous?

Le sol se mit à frémir.

— Non! lança Poppy, soudain terrifiée.

Mais, c'était trop tard.

La porte s'ouvrit, et tout changea.

CHAPITRE 36

DEBOUT À LA FENÊTRE DE SA CHAMBRE, à l'orphelinat Thursday's Hope, Poppy observe le trottoir en contrebas. Un enfant pousse des hurlements trois étages plus bas, sa voix résonne dans la cage d'escalier. Une femme sort du bâtiment, s'essuie les yeux comme si elle venait de pleurer. Elle s'engage sur le passage piéton, mais s'arrête soudain. Son dos se raidit. On croirait qu'elle sent le regard de Poppy. Elle se retourne, lève les yeux vers la fenêtre, et Poppy reconnaît sa mère. La femme en reste bouche bée. La fille entend sa voix dans sa tête : *Je reviendrai! Tu n'es pas en sécurité avec moi! Ce n'est que provisoire.*

Les yeux pleins de larmes, la vision de Poppy se brouille. Sa mère ne l'a jamais haïe. Elle l'a abandonnée uniquement pour la protéger. Elle était au courant de la malédiction de Larkspur et la fuyait depuis toujours.

Poppy se rappelle à présent. L'enfant qui hurle en bas… c'est elle.

La femme lève la main au moment où une voiture noire s'arrête à sa hauteur. Une portière s'ouvre, mais elle ne s'en aperçoit pas.

Poppy hurle, cogne contre la vitre et cherche à prévenir sa mère.

Un long bras jaillit du véhicule, s'enroule autour de la taille de sa mère et la plaque sur la banquette arrière. La portière claque et la voiture redémarre en laissant de longues traînées noires sur le goudron.

Les cris de Poppy se mêlent aux échos qui montent du bureau de Mme Tate.

Azumi s'enfonce dans quelque chose de mouillé. Elle est pieds nus et en chemise de nuit. Elle extirpe son pied de la boue et le secoue.

— Beurk, murmure-t-elle. De mieux en mieux...

L'air est frais et humide, donc. Ça lui rappelle la maison.

Un coup d'œil alentour lui confirme d'ailleurs qu'elle est chez elle. Dans la forêt derrière sa maison, en banlieue de Seattle. Le vieil orme blanc qu'elle escaladait, enfant, avec Moriko est là. Ses parents l'appellent, elle aperçoit les faisceaux de leurs lampes de poche entre les arbres.

Azumi comprend qu'elle vient de faire une autre crise de somnambulisme.

Mais Larkspur...

Tout cela n'aurait été qu'un rêve?

— Maman! Papa! Je suis là!

Elle s'élance vers eux, saute par-dessus les branches abattues et les cailloux couverts de mousse. Elle connaît ce sentier par cœur; elle l'a emprunté si souvent.

— Azumi! s'écrie son père. Ça ne va pas recommencer!

— Je m'excuse! Je rêvais! Tout va bien, je n'ai rien!

Les bras chauds de sa mère l'enserrent. Les baisers de son père baignent ses joues. Azumi pleure si fort qu'elle en tremble. Ses parents lui frottent le dos jusqu'à ce qu'elle s'apaise, puis la conduisent à la maison où un projecteur est allumé sur la terrasse de derrière.

Ils grimpent les marches, Azumi se sent soulagée.

Mais elle remarque un objet étrange au milieu de la terrasse : une petite cage carrée. Une cage dont la porte s'ouvre en grinçant.

— Qu'est-ce que c'est? demande-t-elle d'une voix qui se perd dans les ombres allongées de l'espace.

Ses parents la poussent vers la cage.

— C'est notre solution, répond sa mère.

— Nous ne voulons pas revivre ce que nous avons enduré avec ta sœur, ajoute son père. Rentre là-dedans.

Azumi secoue la tête.

— Non… je ne veux pas.

Sa mère est forte. Elle la plaque au sol avec ses mains et, tandis que son père la pousse vers la cage, Azumi sent la peau de ses genoux s'écorcher contre les rebords en métal.

La voilà à l'intérieur, engoncée entre les parois et le plafond. Elle n'a pas le temps de se retourner que la porte se referme et qu'un cadenas assujettit le loquet. Azumi agrippe les barreaux et les secoue, mais ils tiennent bon. Ils ne bougent pas.

— Cesse de crier, ma puce, chuchote sa mère en se penchant vers elle. Tu vas attirer les loups.

Dans le bois, les hurlements ont déjà commencé.

Dans un pré d'une herbe plus verte que verte, Dash plonge son regard dans un trou. Un trou au fond duquel un cercueil argenté brille au soleil. Autour de lui, des gens vêtus de noir pressent leur mouchoir sur leur visage et reniflent. Ses parents l'encadrent, les mains sur ses épaules, écoutent en silence le pasteur lire un passage familier.

Des murmures naissent dans la foule.

— Il était là, vous savez.

— Paraît-il qu'il serait à blâmer.

— J'ai entendu dire qu'il avait fait un séjour en hôpital psychiatrique.

— Pauvre Dylan. Un amour, ce petit.

— Et ils étaient tellement proches. Qu'est-ce qui a bien pu arriver?

Dash se cache la figure, plisse les paupières très fort, comme pour chasser ces voix.

Ce n'est même pas nécessaire. Elles s'arrêtent d'elles-mêmes. Dash écarte les doigts et constate que personne ne l'observe. Personne ne parle, hormis le pasteur qui poursuit sa lecture.

Tu es sur une mauvaise pente, D-Dash.

Cette voix lui rappelle quelque chose.

Tu n'es même pas vraiment là. Tu en as conscience, j'espère?
Tu es dans une chambre d'hôpital. Tu ne vas pas bien.

Un visage apparaît brièvement dans son esprit. Un vieil homme blanc avec une cicatrice de brûlure à un œil.

Cyrus Caldwell.

C'est à cause de toutes ces expériences, explique Cyrus. *Ils ont fini par te briser. Voilà ce que c'est d'être brisé. Ce que la maison attendait de vous depuis le début. Votre peur. Quel régal.*

Les derniers mots sont ponctués par un grand bruit de langue sur de grosses lèvres humides.

Dash lui répond en pensée : *Vous ne me faites pas peur!*

Tiens donc? Un gloussement se fait entendre. *Attends voir…*

Dash se retrouve soudain tout seul, la tombe béante à ses pieds. Quelque chose gratte à l'intérieur du cercueil fermé. Une voix étouffée monte.

— Dylan! crie Dash.

Et il se jette dans le trou, tire à deux mains sur le couvercle du cercueil. Le panneau bascule.

Mais à l'intérieur, c'est le cadavre rabougri de Dylan qui repose. Il ne vit plus; il n'est pas prisonnier, il ne cherche pas à sortir. Ses lèvres sont retroussées sur ses dents blanchies de vedette de télé.

Dylan séjourne dans ce cercueil depuis très longtemps.

— Non! Dylan… par pitié! hurle Dash à s'en brûler la gorge.

Un rire résonne dans sa tête. Plus grave que la voix de Cyrus.

Les parois de la tombe se mettent à trembler, la terre se morcelle, des cailloux tombent sur le cercueil et roulent au fond du trou. Dash enserre ses bras autour de sa poitrine et secoue la tête à n'en plus finir.

— Dylan… Dylan… Dylan…

Il répète le prénom de son frère comme pour l'appeler à l'aide.

Des doigts osseux grattent les parois de la tombe. Des dizaines de mains squelettiques jaillissent vers Dash. D'instinct, celui-ci se penche en avant sans s'apercevoir qu'il frôle de très près le visage de son jumeau.

Les yeux laiteux de Dylan pivotent vers lui. Ses lèvres sèches se déforment en un rictus de bête sauvage. Ses mains jointes se dressent et ses ongles cassés creusent la peau de Dash.

Celui-ci ouvre la bouche pour hurler, mais Dylan lui fourre ses doigts dans la gorge. Dash étouffe.

Réfléchis, Dash! Réfléchis!

Ça ne colle pas!

Les doigts de Dylan dansent dans sa bouche.

Comment es-tu parvenu jusqu'ici?

C'est la voix de son frère! Elle semble très lointaine…

Parvenu où? lui répond Dash.

Bonne question : Où es-tu?

Dans ta tombe!

Le cadavre de Dylan repose son crâne flétri sur le petit coussin du cercueil, la bouche grande ouverte et les dents prêtes à mordre.

Non. Tu te trompes.

Où, alors…?

Où…

Les dents du cadavre claquent à deux centimètres du visage de Dash. Des éclairs fusent derrière ses yeux, et Dash comprend : *Je suis à Larkspur House. Je suis toujours à Larkspur!*

CHAPITRE 37

LE CADAVRE AVAIT DISPARU sous lui et des ombres grignotaient les coins de son champ de vision. Dash n'arrivait toujours pas à respirer. Une lourde masse lui comprimait la cage thoracique et des doigts appuyaient contre sa bouche.

Dans la pénombre, il distingua un visage blême à quelques centimètres au-dessus du sien. Deux billes ambrées luisaient au creux d'orbites sombres et un sourire rouge démesuré se moquait de lui.

— Dylan! parvint-il à prononcer.

Il voulut bouger, mais son frère le clouait au sol. Et le sourire du masque de clown semblait s'élargir sans cesse.

— Dylan, écoute-moi! Je sais que tu es là. J'entends ta voix… ta vraie voix!

Pour toute réponse, le clown éclata de rire.

Dash tourna la tête à droite et à gauche. Dans sa vision périphérique, il aperçut Poppy et Azumi. Poppy près de la fenêtre, en train de taper contre le carreau. Azumi recroquevillée par terre, en boule.

Autour de lui, le monde s'assombrit.

Dash comprit que la maison en avait assez de lui. Il représentait un risque trop important pour qu'elle lui permette de rester en vie plus longtemps. Alors, elle le tuait. Par les mains de son jumeau, quelle finesse.

Une fois son cas réglé, la maison s'occuperait des deux autres.

— D-Dylan… J-je t'aime… Pardonne-moi.

Les billes ambrées faiblirent un instant. Le poids du clown se relâcha.

Dash mobilisa toute sa force pour repousser son frère. Puis il rampa à reculons, se remit sur pieds et s'élança dans les ombres. Un mur garni de livres apparut devant lui. Il le percuta et la douleur fusa dans son crâne.

Il se retourna vers le centre de la pièce et vit son jumeau qui se relevait lui aussi et le foudroyait du regard. Le téléphone de Dash traînait par terre, presque à portée de main. Le faisceau pâle de la lampe de poche fournissait l'unique source de lumière de l'espace.

Et malgré sa faible intensité, il permit à Dash de s'orienter. Les étagères étaient derrière lui et la cheminée se trouvait dans le mur du fond. Les instruments de musique étaient éparpillés par terre. C'était la pièce où ils s'étaient barricadés contre les Spéciaux, plus tôt ce même jour — ce même jour… vraiment? — lorsque Marcus avait offert son harmonica au Spécial au masque de chien.

Dylan se tourna vers les filles. Elles étaient apparemment dans leurs bulles, tout comme Dash s'était retrouvé plongé dans la tombe de Dylan, avant de revenir à la réalité.

— Fichez-leur la paix! hurla-t-il. C'est moi que vous voulez.

— Oh, mais nous vous voulons *tous,* gronda la voix grave derrière le masque de clown. Nous devons remplacer ceux que vous nous avez volés.

— C'est vous qui les avez volés les premiers! Vous nous avez tous volés!

Le clown inclina la tête, comme s'il était perdu.

— Le loup pleure-t-il le cerf qu'il tient dans ses griffes? Le renard s'apitoie-t-il sur le sort du lapin qu'il mord à la gorge?

Ses yeux brillèrent plus fort.

— Les animaux doivent se nourrir. Nous aussi.

— Vous êtes maléfiques! cria Dash.

— Le mal n'existe pas. C'est la nature, dit le clown en secouant la tête.

Il s'approcha d'Azumi, toujours blottie au sol, gémissant de terreur.

— Azumi! hurla Dash. J'ignore ce que tu vois… mais ce n'est pas la réalité! Réveille-toi! *Réveille-toi!*

Azumi frémit, puis leva la tête. Dylan se jeta sur elle.

— Attention! cria Dash.

Il était trop loin pour arrêter le clown. Mais Azumi avait entendu l'avertissement. Elle roula sur elle-même, si bien que Dylan rata sa cible. Puis elle se releva d'un bond.

— Préviens Poppy! lui ordonna Dash.

Les yeux comme des balles de tennis, Azumi se précipita à la fenêtre et tira Poppy par l'épaule pour l'éloigner de la vitre.

Poppy battit des paupières et promena son regard à travers la pièce. Elle s'attarda à peine sur Dylan avant de fixer la cheminée.

— Là! s'exclama-t-elle soudain. C'est lui.

Dash mit un temps à saisir. Mais lorsqu'il se tourna dans la direction indiquée, il découvrit le tableau accroché sur le manteau de la cheminée. Le portrait de Consolida Caldwell les scrutait de ses yeux dorés.

Chapitre 38

Poppy s'exclama de nouveau :

— Là! C'est celui-là!

Tout se tenait. Le geste de Connie à travers le miroir, quand elle avait passé ses doigts sur sa figure. Elle essayait de lui dire de trouver un portrait la représentant, elle! C'était logique. Le collier que Connie arborait sur ce tableau avait la même forme que la fleur à cinq pétales qu'elle avait dessinée sur la glace embuée. Quant à ses yeux, d'ordinaire noisette, ils rougeoyaient presque comme ceux de la créature.

— Aide-moi, chuchota Poppy à Azumi.

Les deux filles coururent décrocher le cadre et le déposèrent par terre.

— Attention! leur cria Dash en se précipitant vers elles.

Poppy se retourna et vit Dylan ramper dans leur direction comme une espèce de salamandre. Azumi et elle poussèrent un cri lorsque Dash se jeta sur son jumeau, le saisit par le talon et l'immobilisa. Elles en profitèrent pour foncer s'accroupir devant le mur aux livres tout en emportant le portrait.

Un hurlement assourdissant jaillit de derrière le masque de Dylan. Ce dernier essayait de repousser Dash, mais celui-ci tenait bon. Il le clouait au plancher.

— Vite, l'essence de térébenthine, réclama Poppy.

Azumi lui passa le contenant de fer.

— On fait quoi? demanda-t-elle.

Pour toute réponse, Poppy versa le dissolvant sur la peinture. Les couches de couleur se mirent à faire des bulles, à fondre et à s'entremêler. Les yeux dorés de la Fille des miroirs dégoulinèrent sur ses joues pâles en larmes chatoyantes.

Dylan hurlait comme si on lui avait jeté de l'acide à la figure. Il battait des quatre membres et cherchait désespérément à se relever afin d'arracher la toile des mains des filles.

La peinture, elle, fondait toujours et formait une flaque au bas du cadre. Poppy se recroquevillait sur elle-même à mesure que les couches de la Fille se dissolvaient. Un autre visage apparaissait en même temps : celui de la femme dans son rêve, devant l'orphelinat.

Sa mère.

De grands yeux tourmentés la fixaient, comme pour l'implorer d'arrêter. Poppy tendait déjà les mains vers le tableau. *Mais pourquoi? Pour la sauver?*

Azumi lui prit les mains et la força à détourner le regard du visage implorant de sa mère.

La pièce tout entière se mit à trembler. Les livres tombaient des étagères telle une averse de grêle en plein été.

Quelques secondes plus tard, une toile vierge apparaissait au centre du cadre. Une forme y était dessinée en traits noircis : la fameuse fleur à cinq pétales, le symbole de Frederick. Le pied-d'alouette dont il était question dans le carnet de Cyrus, cette fleur à cinq pétales dont le nom anglais était… Larkspur.

Le peintre avait caché ce symbole ici, à la vue de tous, sous un portrait de sa fille qu'il avait offerte en sacrifice à la créature en échange de la célébrité et de la gloire.

Si cela ne tenait qu'à Poppy, le nom de l'artiste tomberait dans l'oubli. À tout jamais.

— Le briquet, chuchota-t-elle.

Azumi le lui passa; Poppy souleva le couvercle, fit tourner la molette jusqu'à ce que jaillisse une étincelle. Une fleur de flamme s'ouvrit peu à peu.

CHAPITRE 39

Du coin de l'œil, Dash observait Poppy et Azumi qui allumaient le briquet. Il maintenait son frère au sol, malgré ses gesticulations et ses ruades, pour l'empêcher d'intervenir.

Les cris de Dylan étaient assourdissants. Ils résonnaient dans les oreilles de Dash et menaçaient de lui déchirer les tympans. L'atelier tremblait avec force maintenant.

Victoire!

Bientôt, Dylan recouvrerait lui aussi la liberté! Comme les Spéciaux. À condition que Dash tienne encore un peu...

Dylan fut pris de convulsions. Dash voulut lui arracher son masque, mais le plastique blanc se répandit sur ses doigts comme un liquide bouillant, lui enveloppa les mains et les lui colla au visage de son frère.

Dash tenta de se dégager, mais la douleur irradiait jusque dans ses bras. Il avait l'impression que ses mains étaient digérées, qu'elles fondaient de l'intérieur.

— Aidez-moi! hurla-t-il.

Azumi apparut immédiatement à son côté, les traits horrifiés. Le plastique blanc se glissait lentement jusqu'aux coudes de Dash.

Les yeux du masque de clown se consumaient d'une fureur intense et semblaient dire : *Si je disparais, je t'emmène avec moi!*

Azumi empoigna Dash par les épaules et le tira en arrière d'un coup sec. Mais Dylan fut emporté dans le mouvement.

— Poppy, vite! dit Azumi, paniquée. Brûle le tableau!

Poppy approcha la flamme de la toile et regarda les fibres s'embraser, puis noircir. Le symbole floral disparut dans un trou creusé au centre par le feu. Feu qui se répandit très vite jusqu'au cadre en dévorant les produits chimiques qui apprêtaient la toile. Poppy sentit la chaleur dans ses doigts. Elle lâcha le cadre qui se fracassa par terre. Le feu monta tel un esprit s'élevant d'une tombe.

Un bruit glaçant ébranla l'atelier. Poppy n'avait jamais rien entendu d'aussi terrifiant, ses jambes se dérobèrent et elle s'effondra. La lumière et la chaleur du feu montèrent, montèrent jusqu'à atteindre le haut plafond de la pièce. Et tout à coup, elles furent aspirées vers le bas, comme si la toile les reprenait.

Le plâtre se fissura au plafond, là où le feu l'avait léché. Le sol trembla de nouveau. Dash poussa un cri. Poppy rampa jusqu'à Azumi et Dash. Elle eut le souffle coupé devant la scène qui se produisait sous ses yeux.

Dash, lui, observait le rougeoiement qui faiblissait dans les yeux de son frère. Le corps de Dylan se relâchait, la douleur dans les mains et les bras de Dash refluait.

Malheureusement, les jumeaux étaient toujours collés l'un à l'autre par le plastique.

— Qu'est-ce qui s'est passé? demanda Poppy en s'agenouillant près de Dash.

Elle avait la figure maculée de suie, mais ses yeux brillaient, luisaient presque d'excitation.

— Ils sont collés ensemble, expliqua Azumi. Mais on va les aider. Allez, on tire!

Tandis que Poppy maintenait Dylan au sol, Azumi continua à tirer Dash par les épaules.

— Ne lui fais pas de mal! hurla Dash, de colère.

Au-dessus des adolescents, la fissure se répandait à travers le plafond, des plaques de plâtre tombaient autour d'eux. Une marque noire se développait à l'endroit où le portrait de Connie s'était écroulé. Bientôt, cette marque s'était diffusée jusque sous les quatre jeunes. Le sol s'affaissait peu à peu.

— Il faut absolument vous séparer, dit Azumi.

Elle tira de toutes ses forces, Dash sentit le plastique qui lui recouvrait les bras se casser et se désagréger. Il fondit presque en larmes en voyant qu'il avait encore toute sa peau sur ses doigts.

Mais plus important encore, le masque de clown adhérait toujours au visage de Dylan. Sauf que cette fois-ci, quand Dash tenta de s'en emparer, le masque tomba par terre en oscillant tel le balancier d'une pendule.

CHAPITRE 40

DYLAN AVAIT LES YEUX FERMÉS, mais ses paupières battaient comme s'il rêvait.

Dash lui caressa la joue, anxieux à l'idée de ce qui se passerait à son réveil. Allait-il piquer une crise? Ou bien la malédiction de Caldwell avait-elle définitivement pris fin?

Le plancher grognait sous les quatre adolescents. Dash sentait leur poids les entraîner vers le bas.

— La salle de musique n'est plus sûre, fit remarquer Azumi.

— Peut-on déplacer Dylan? demanda Poppy.

— Attendez un instant, répondit Dash.

La tête lui tournait un peu.

— Dylan? Dylan, réveille-toi. S'il te plaît. C'est moi. Dash, murmura-t-il.

Les murs se mirent à grincer et à crépiter, comme si les planches éclataient derrière l'enduit de plâtre. Une secousse brutale fit baisser la pièce de dix centimètres d'un coup. Azumi hurla et saisit Poppy par le bras.

— Dash! s'exclama cette dernière.

— Allez-vous-en! lança Dash. Laissez-nous si vous avez trop peur!

Poppy se recroquevilla, blessée par ses paroles.

Le plafond *s'effritait* toujours autour d'eux. Les lustres vacillaient et des morceaux de cristal tombaient par terre. *Plink, plink, plink!*

Dylan rouvrit les yeux. Ses iris bruns dardèrent dans tous les sens avant de se braquer sur le visage de son frère.

— Dash? C'est toi?

Celui-ci souleva son frère par les épaules et le pressa si fort contre lui que Dylan cria.

— Pitié, dis-moi que c'est bien toi, l'implora Dash.

— Qui… Qui d'autre voudrais-tu que je sois?

— Tu ne te rappelles pas?

Une grimace déforma la bouche de Dylan. Bien sûr qu'il s'en rappelait.

— Je m'en veux à mort. Ma tête… La créature est entrée dans ma tête. Ces choses qu'elle m'a fait voir… Tu n'imagines même pas, répondit-il, la lèvre tremblotante et la voix chevrotante.

Puis il se tourna vers Poppy et ajouta :

— Je t'ai fait du mal. Je vous ai fait du mal, à tous.

— Ce n'était pas ta faute, dit Azumi pour le réconforter en s'agenouillant à côté des garçons.

Poppy restait droite comme un i près d'elle, la mine terrifiée tandis que la maison s'écroulait.

Dylan prit son frère par les épaules, le repoussa légèrement et le regarda dans les yeux.

— Si, c'était ma faute. Dans le bois, après que cette chose a tué Marcus… J'ai entendu ce que tu as dit, expliqua Dylan en donnant un autre coup d'œil à Poppy. Ce que vous avez dit tous les deux; qu'on ne pouvait plus rien pour moi. Ça m'a rendu fou. Comme jamais. Je crois que… Après ça, je crois que je me suis abandonné corps et âme au manoir.

— Je crois qu'on pourrait tous dire la même chose, tu sais, murmura Azumi.

Poppy finit par s'accroupir près du groupe.

— Aucun de nous n'a eu son mot à dire, fit-elle remarquer. Ça nous est tombé dessus.

— Je comprends, à présent, dit Dylan. C'est juste que… J'avais tellement peur de rester ici tout seul, sans toi, Dash. Je… Je m'en veux d'avoir été un frère aussi horrible.

— Ce que tu as été, je m'en fiche, renifla Dash. Tu es mon meilleur ami, pour toujours, quoi qu'il arrive.

Poppy posa une main sur l'épaule de Dash.

— Si on ne part pas maintenant, dit-elle, on n'aura peut-être plus d'autre occasion de le faire.

Le sol s'enfonça encore. Des fissures ouvrirent les murs, telles des bouches béantes cherchant à inspirer. La cheminée cracha un large panache de poussière et de cendres qui s'avança lentement vers les adolescents.

Dash orienta son téléphone dans cette direction. Le faisceau de lumière fit scintiller la poussière.

La petite troupe se releva, rassembla son courage alors que le plancher se transformait en entonnoir. Des trous se formaient à leurs pieds, engloutissant des morceaux de bois qui plongeaient dans les ténèbres. Cramponnés les uns aux autres, Poppy et ses amis se précipitèrent vers la porte et ressortirent dans le couloir.

Le manoir paraissait déjà moins grand. Au bout du palier apparut une rampe. Un escalier descendait jusqu'au rez-de-chaussée. Les jeunes étaient beaucoup plus près de l'entrée qu'ils ne l'auraient cru. Toujours blottis les uns contre les autres, ils dévalèrent les marches tandis que la maison continuait de trembler autour d'eux.

Les murs étaient à présent noircis. Après tout, la bâtisse avait été ravagée par les flammes. Les adolescents découvraient enfin la vérité, derrière le masque de la maison. Un vent violent battait les fenêtres cassées, provoquant une plainte étrange, comme si Larkspur elle-même hurlait de douleur.

La magie qui avait maintenu ces ruines debout n'existait plus.

Le groupe faillit trébucher sur les bagages qu'ils avaient laissés au milieu de l'entrée à leur arrivée. Les portes claquaient en émettant des sons de coups de canon et des murs s'écroulaient dans les pièces adjacentes. La structure tremblait si violemment que les jeunes avaient du mal à marcher.

Ils titubaient en direction de la double porte quand ils entendirent ce qui ressemblait à des milliers de voix qui les appelaient.

Fuyez!

Au secours!

Merci!

Ne partez pas!

Le tout emmêlé en un chœur cauchemardesque. Poppy pensa que s'ils avaient certes détruit le pacte de Frederick Caldwell, la chose qui hantait cette propriété, elle, n'avait peut-être pas disparu. Ni sa colère. Ni sa voracité.

La sortie se dressait à quelques mètres à peine. Le sol noircissait à mesure qu'une pourriture cendrée se répandait sous les pieds des fuyards. Le plancher semblait prêt à se désintégrer, à les entraîner dans les catacombes construites dans le sous-sol de la maison.

Poppy franchit d'un bond le seuil du manoir et ne s'arrêta de courir qu'une fois parvenue sur l'allée de gravier.

Azumi la dépassa et se retourna vers Larkspur.

— Dash! cria-t-elle. Dylan! Dépêchez-vous!

Poppy pivota sur ses talons et vit les deux frères à la porte de la maison. Dash dehors, Dylan dedans, chacun tendant les bras à l'autre, tous deux hurlant. Le plafond s'écroulait par plaques entières dans l'entrée. Dash saisit Dylan par la main et l'attira vers lui, mais Dylan ne bougea pas.

Un obstacle invisible l'avait enfermé dans le manoir.

— Aidez-nous! supplia Dash.

Les filles volèrent à leur rescousse. Elles saisirent Dash par la taille et tirèrent en direction de l'allée. En vain. Les trois amis en étaient réduits à scruter le visage horrifié de Dylan, qui n'avait pas avancé d'un millimètre.

— Elle refuse de me laisser partir! cria le malheureux.

CHAPITRE 41

Poppy demanda :

— Mais pourquoi? On a détruit le symbole, quand même.

— Nous avons brisé le pacte de Frederick, concéda Dash. Mais la créature retient mon frère dans la maison.

— Nous devons lui donner quelque chose pour le libérer. Quelque chose qui lui a été pris, comme avec les Spéciaux.

— Personne ne m'a pris quoi que ce soit, intervint Dylan en clignant des yeux.

— Si, quelqu'un, dit son jumeau.

Les autres se tournèrent vers lui. La maison s'écroulait toujours, les murs s'effondraient par pans entiers.

— Je t'ai pris la vie. À Los Angeles. Ma petite blague…

— Mais c'était un accident, le coupa Dylan. Tu ne voulais pas me faire de mal.

Le silence s'abattit sur le petit groupe.

— Comment veux-tu lui rendre sa vie, en plus? demanda ensuite Azumi.

Puis elle braqua son regard sur l'entrée et hurla :

— Ce n'est pas juste!

Elle s'attendait presque à ce qu'un rire guttural lui réponde, mais elle n'entendit que le vacarme de la destruction.

— On doit forcément pouvoir faire quelque chose, insista Poppy. Peut-être...

Dash franchit le seuil pour se placer à côté de son frère. Poppy tressaillit.

— Dash, sors tout de suite. La maison peut s'écrouler d'un instant à l'autre.

— Je ne l'abandonne plus, pas question. Pas ici.

— Mais tu vas mourir! paniqua Azumi.

— Je ne l'abandonne pas, répéta Dash.

— Tu n'as pas le droit de faire ça! dit Dylan en le secouant.

— Ce n'est pas toi qui décides, répondit Dash.

Puis il se tourna vers Poppy et ajouta :

— Plus personne ne me donne des ordres. Je dois le faire. Je t'en supplie, ne m'en empêche pas.

Le sol s'ouvrit derrière les garçons. Cendre et poussière s'envolèrent en une grappe de nuages.

Dash referma la double porte d'un coup sec, après avoir lancé aux filles : « Sauvez-vous! »

Mais Poppy n'en fit rien. Elle secoua les poignées, puis cogna de l'épaule contre le battant. La porte refusa de bouger.

— On a réussi à sortir, Dash! On a gagné! Ne t'inflige pas cette torture!

Le mur en pierre se mit à trembler.

— Tu vas te faire écraser, Poppy! cria Azumi.

Elle tirait son amie par le bras. Elle parvint à l'arracher à la porte, puis à la traîner jusqu'à l'allée.

Elles s'arrêtèrent une dizaine de mètres plus loin, à l'endroit où l'allée dessinait un arc de cercle. Elles pivotèrent sur elles-mêmes et virent les flèches des tours de Larkspur s'effondrer. Les murs et les tours s'écroulèrent alors que les premières lueurs de l'aube effaçaient les étoiles dans le ciel assombri.

CHAPITRE 42

DASH ET DYLAN étaient assis en tailleur, face à face, les mains jointes, au pied des marches de l'entrée.

Boum! Une nouvelle plaque de plâtre venait de se décrocher du plafond et de perforer le plancher.

Dash examinait le visage de son jumeau et cherchait les détails qui permettaient de les distinguer l'un de l'autre : le sourcil gauche légèrement plus relevé que le droit, la cicatrice sous sa lèvre inférieure, souvenir d'une chute de sa chaise haute. Dash savait que, s'ils se scrutaient l'un l'autre jusqu'à la fin des temps, ils finiraient par repérer tellement de différences, qu'ils ne se considéreraient plus comme jumeaux.

Les larmes gouttaient au bout du nez de Dylan.

— J'ignorais que les fantômes pouvaient pleurer, remarqua Dash.

Son frère esquissa un bref sourire, puis son visage se décomposa.

— Tu ne mérites pas ça, dit-il d'une voix étouffée.

— Je sais. Mais toi non plus.

Les vitraux proches du plafond explosèrent en une pluie de tessons colorés. Le sol vibra, puis s'ouvrit en son milieu, comme le centre d'une cible de tir. Les bagages qui attendaient là depuis le matin plongèrent dans les profondeurs des catacombes. De grosses roches se délogèrent au-dessus de la double porte et s'écroulèrent à quelques centimètres des garçons.

Dylan se jeta sur son frère, les bras tendus en protection.

— J'aurais bien aimé qu'on puisse dire au revoir à papa et maman, regretta Dash en s'efforçant de se concentrer uniquement sur Dylan. Tu penses qu'ils apprendront un jour ce qui nous est arrivé?

— Ils savent ce qui m'est arrivé, déjà...

— Exact. Et moi, je resterai un mystère.

Un grand *woooush* retentit en haut de l'escalier, comme si l'air de la maison était aspiré par le ciel. Quelque chose approchait. Quelque chose d'énorme, de sombre et d'impitoyable.

— Est-ce que ça va faire mal? chuchota Dash.

— Je l'ignore, répondit son jumeau en secouant la tête.

— Si tu ne t'en souviens pas, ce n'est peut-être pas grand-chose.

Une violente secousse frappa le plafond. Une portion gigantesque s'écroula, entraînant plusieurs dizaines de poutres. Dash poussa un cri. Dylan le saisit par les mains.

— Merci, Dash.

— Pour quoi?

— Pour m'avoir donné ce dont j'avais besoin.

Dash haussa les épaules, confus.

— Mais je ne t'ai...

Il se tut. Dylan s'estompait déjà, sa peau devenait transparente, ses mains devenaient froides.

— Que se passe-t-il?

Mais Dash connaissait la réponse. Il comprenait. Le moment était venu. Enfin.

— Va-t'en vite, murmura Dylan.

Ses lèvres s'entrouvrirent, ses dents brillèrent dans la pénombre empoussiérée de l'entrée. Un sourire, un vrai. Un sourire authentique, heureux, qui se prolongea quelques instants après que le reste du corps eut disparu avant de se désintégrer lui aussi dans le néant.

Dash se releva sur ses jambes flageolantes, la maison vivait ses derniers instants. Le bruit de succion à l'étage s'intensifia, comme si un orage approchait, une colonne d'air prête à semer la destruction.

Un gouffre noir s'ouvrit juste devant lui. Au fond, Dash aperçut des crânes blanchis qui le scrutaient depuis la crypte.

Il enjamba les décombres et se réfugia près de la double porte. Il secoua désespérément les poignées et cria :

— Dylan! Aide-moi!

Mais en vain. Dylan ne répondit pas. Dash poussa un hurlement de colère et de terreur quand les murs de Larkspur House achevèrent de s'écrouler sur lui.

CHAPITRE 43

POPPY ET AZUMI contemplaient bouche bée le panache de fumée et de poussière qui montait des décombres.

Quand la brume se leva, teintée de rose par l'aurore, les vestiges de Larkspur se dessinèrent en ombre chinoise. Le toit avait disparu. Des sections de murs en pierre indiquaient les contours des fondations. Des arbrisseaux verts et des buissons épais perçaient dans les intervalles. Des portes et des fenêtres, il n'en restait que des voûtes de brique. Près d'une dizaine de cheminées surplombaient le tout, tels des miradors dans une prison.

Poppy s'aperçut seulement qu'elle tenait Azumi par la main lorsque celle-ci lâcha prise et s'effondra en larmes. Poppy, elle, éprouvait une étrange sensation de vide intérieur. Cet endroit était censé devenir sa nouvelle maison. Désormais, elle ne pouvait plus imaginer y vivre un jour. Et quand elle songeait à tous les malheureux qui…

Au loin, des oiseaux piaillaient et chantaient, réveillés par l'aube. Une douce brise caressait les buissons et chassait les mèches de cheveux de devant sa figure.

— Connie? chuchota Poppy. Tu es toujours là?

Elle espérait que le manoir avait libéré la Fille des miroirs, mais elle redoutait également ce que la vie lui réservait. Elle se demandait comment elle allait pouvoir survivre sans sa vieille amie. Connie ne répondit pas.

Quelqu'un d'autre, en revanche.

— Au... secours...

La voix était si faible que Poppy crut l'avoir imaginée. Mais la voix appela encore. Cette fois, elle provenait clairement des décombres.

— Dash! hurla Azumi.

Cette dernière s'élança vers la maison en sautant par-dessus ce qui restait des marches. Malgré le choc, Poppy lui emboîta le pas. Elle se demanda si son amie et elle étaient encore sous l'emprise de Larkspur?

Une main couverte d'ecchymoses jaillit de sous les ruines.

— Poppy! Vite! Il est vivant!

Les filles travaillèrent d'arrache-pied à dégager des roches, à mettre au jour la porte qui, en s'écroulant, avait protégé Dash contre les décombres. Elles parvinrent à extraire Dash et découvrirent que, miraculeusement, il ne souffrait que de quelques ecchymoses et égratignures.

Dash se rassit et fondit en larmes. Poppy et Azumi se reculèrent pour le laisser pleurer en paix.

Il leur raconta ensuite ce qui s'était produit quand la maison s'était écroulée ainsi que la disparition de Dylan, libéré des griffes de Larkspur.

Libéré aussi du besoin qu'avait Dash de l'avoir près de lui.

Après avoir repris leur souffle, les trois amis ressortirent des ruines et regagnèrent l'allée de gravier. Il ne leur restait plus qu'à redescendre la colline et à s'engager dans le bois. Ils marchèrent d'un bon pas, sans évoquer ce qu'ils feraient s'ils trouvaient de nouveau le portail clos.

En fait, ils parlèrent très peu.

Au moment de pénétrer dans la forêt ténébreuse, Azumi s'attendait presque à reconnaître les arbres qui poussaient au pied du mont Fuji et à se retrouver propulsée dans ses cauchemars, mais les oiseaux continuèrent de chanter. Le jour perçait à travers les branches, au-dessus de sa tête.

Azumi songea à ses parents et se demanda soudain pourquoi ils l'avaient autorisée à se rendre seule dans une école qu'eux-mêmes n'avaient jamais visitée. Larkspur leur avait-elle jeté un sort? Ou bien étaient-ils persuadés que leur fille y serait en sécurité?

Qu'allait-elle leur raconter? Qu'une maison hantée l'avait attirée à l'autre bout du pays et avait tenté de la dévorer? Qu'elle était entrée en contact avec sa sœur morte? Qu'elle avait failli perdre la boule?

Elle leur inventerait peut-être une autre histoire. Plus facile à croire. Une histoire qui ne leur donnerait pas de cauchemars. La grande question était toutefois la suivante :

cette histoire lui donnerait-elle des cauchemars? Les crises de somnambulisme allaient-elles reprendre?

Entendrait-elle encore des voix?

Ou bien Larkspur l'avait-elle rendue plus forte?

Dash avait passé un bras sur les épaules de Poppy. Ils marchaient devant Azumi. L'idée qu'elle ne serait pas la seule à conserver des souvenirs de ce manoir donnait du courage à Azumi. Elle savait que ses amis seraient là quand elle aurait besoin d'eux, sans doute pour toujours.

Elle porta le regard au loin. Si seulement Moriko, la vraie Moriko, pouvait apparaître une dernière fois.

Éloigne-toi du sentier, Azumi. Sors. Cours...

Il était si facile de se perdre.

Le sentier...

Azumi poussa un soupir et s'essuya les yeux, soulagée que ce sentier-ci la ramène chez elle.

Dash boitait. Poppy le soutenait et lui indiquait les nids-de-poule et les touffes de mauvaises herbes.

Dash pensait à son frère. À son sourire qui s'estompait dans le noir.

Il se rappelait à présent : l'accident, l'enterrement, l'hôpital. Tout était clair. Ce n'étaient pas des souvenirs agréables, mais c'était toujours ça. Détruire le symbole de Frederick Caldwell avait non seulement mis un terme au pacte de la créature, mais également libéré l'esprit de Dash de l'emprise de cette dernière.

Il songea à Marcus, à Azumi et à Poppy.

Si chacun d'entre eux avait été convoqué à Larkspur en raison de leur relation avec les morts, alors Dash estimait que cette relation n'existait plus.

Une bénédiction et une malédiction.

Dylan avait disparu pour de bon.

C'est fini, les faux-semblants; fini, les blagues; fini, les jeux.

Qui sait, peut-être que, à son retour à Los Angeles, ses parents constateraient une amélioration. Un début de guérison, ou du moins, une détermination à guérir.

La matinée était fraîche. La rosée perlait sur les bras et les épaules de Poppy. Elle marchait d'un pas décidé, la tête bien droite, le regard braqué devant elle.

Mais les idées se bousculaient dans sa tête en pensant à l'avenir.

Elle ne retournerait pas à Thursday's Hope. Du moins, pas tout de suite.

Quand ses amis et elle auraient regagné la ville, elle demanderait à Azumi si ses parents ne pourraient pas l'héberger quelque temps. Si Azumi répondait non, elle tenterait le coup avec les parents de Dash. Et si là encore elle faisait chou blanc… elle irait ailleurs. Ce n'était pas les options qui manquaient.

Mais la prochaine étape n'était pas la plus importante. Peu importe ce qui lui arrivait après, cela ne servirait qu'à rapprocher Poppy de sa destination finale. Sa mère.

Poppy comprenait pourquoi sa mère l'avait abandonnée à Thursday's Hope il y a longtemps. Sa mère croyait à la malédiction de Caldwell. Elle voulait la protéger de la chose qui la pourchassait. Poppy se réjouissait à l'avance de pouvoir lui annoncer qu'elle avait vaincu la créature, qu'elles n'avaient plus rien à craindre.

Elles allaient pouvoir se retrouver. Sans plus avoir à se cacher.

Poppy pensa à Connie, à Marcus et à Dylan et à toutes les âmes que la créature avait prises dans sa toile : les Spéciaux, les premiers orphelins, les pupilles de la médium, les jeunes explorateurs de Greencliffe.

Sa propre famille avait tissé cette toile. Il lui semblait juste que ce soit elle qui l'ait déchirée afin de libérer tout le monde.

Poppy était libre, elle aussi, à présent.

Elle ajusta le bras que Dash appuyait sur son épaule. Celui-ci lui sourit.

— Regardez! s'exclama Azumi en pointant un doigt devant elle.

Le mur en pierre venait d'apparaître entre les arbres. À son intersection avec l'allée, le portail était ouvert.

Poppy aperçut la route de l'autre côté, le bois au-delà, et elle poussa un cri de joie. Azumi et Dash l'imitèrent. Poppy en eut le tournis.

La petite troupe pressa le pas et s'arrêta sur le seuil de la propriété. Leurs regards se tournèrent vers les toits de Greencliffe qu'ils distinguaient à travers les arbres, au pied d'une nouvelle colline. Le fleuve chatoyait au loin, ses eaux reflétaient les tons violets du ciel à l'horizon.

Poppy, Azumi et Dash se prirent par la main. Ensemble, ils franchirent le portail défoncé de Larkspur et s'engagèrent sur Hardscrabble Road.

ILLUSTRATIONS

PAGES DE GARDES

Photos © : 2-3 : illustrations d'arrière-plan : A_l.i.s_A/ Shutterstock, papier peint : jannoon028/Shutterstock; 6-7 : illustration Maison des ombres : Shane Rebenschied pour Scholastic; manoir : Dariush M/Shutterstock, brouillard : Maxim van Asseldonk/Shutterstock, nuages : Aon_Skynotlimit/Shutterstock, herbes et arbres : Maxim van Asseldonk/Shutterstock.

INTÉRIEURS

Photos © : 23 : clown au ballon : Comstock/Getty Images, visage du clown au ballon : nito/Shutterstock, clown au bras levé : Ljupco/Getty Images, son visage : Alex Malikov/Shutterstock, clown aux nœuds : Elnur/ Shutterstock, clown à l'extrême gauche : sdominick/ Getty Images, visage à l'extrême gauche : Jeff Cameron Collingwood/Shutterstock, clown à l'extrême droite : sdominick/Getty Images, visage à l'extrême droite : Alex Malikov/Shutterstock, chapeau de clown :

Charice Silverman pour Scholastic, tentes : Westend61 Premium/Shutterstock; 62 : femme au visage incliné : Andriy Blokhin/Shutterstock, femme repliée sur elle-même : Kamenetskiy Konstantin/Shutterstock, femme vue de dos : Kamenetskiy Konstantin/Shutterstock, femme qui secoue la tête : KatarinaDj/Shutterstock, poses : Keirsten Geise pour Scholastic, premier plan : sturti/Getty Images; 91 : épave : StockPhotosLV/Shutterstock, voiture : Grafissimo/Getty Images, intérieur : Tiramisu Studio/Shutterstock, mur : boonyarak voranimmanont/Shutterstock, échelle : Meng Luen/Shutterstock, fantôme : Gemenacom/Shutterstock; 116 : hangar : Brad Remy/Shutterstock, ciel et herbe : Dudarev Mikhail/Shutterstock, forêt : Evannovostro/Shutterstock, éclair : Charice Silverman pour Scholastic; 126-127 : sentiers : PhotoRoman/Shutterstock, paysage : Mike Pellinni/Shutterstock, mur : fotoVoyager/Getty Images, ciel : Igor Kovalchuk/Shutterstock, manoir : Dariush M/Shutterstock, brouillard : Maxim van Asseldonk/Shutterstock, nuages : Aon_Skynotlimit/Shutterstock, différences sur le manoir : Shane Rebenschied pour Scholastic; 141 : chemin : Textures.com, crane : witoon214/Shutterstock, gros os : Photographicss/Shutterstock, petits os : Picsfive/Shutterstock, chaussure : Keirsten Geise pour Scholastic; 165 : main : Viacheslav Blizniuk/Shutterstock, sofa : PinkyWinky/Shutterstock, cadre : CG Textures, vitre et éléments : Charice Silverman pour Scholastic; 170 : salle : Library of Congress, tableau en haut à droite : CG Textures, tableau sur son chevalet : CG Textures,